SACRED BOOKS

[5]

莉莉特之子

THE BOOK OF ALL THINGS

魔法书奇异事件

[美] 戴维 · 迈克尔 · 斯莱特◎著

王爱英◎译

中国出版集团 现代出版社

版权登记号：01-2014-7392
图书在版编目（CIP）数据

魔法书奇异事件．5，莉莉特之子 /（美）戴维·迈克尔·斯莱特著；王爱英译．—北京：现代出版社，2017.8
ISBN 978-7-5143-6304-3

Ⅰ．①魔…　Ⅱ．①戴…　②王…　Ⅲ．①儿童小说－长篇小说－美国－现代　Ⅳ．①I712.84

中国版本图书馆 CIP 数据核字（2017）第 169082 号

SACRED BOOKS
魔法书奇异事件

作　　者	［美］戴维·迈克尔·斯莱特
译　　者	王爱英
责任编辑	赵　妮　邸中兴
出版发行	现代出版社
地　　址	北京市安定门外安华里 504 号
邮政编码	100011
电　　话	010-64267325　64245264（传真）
网　　址	www.1980xd.com
电子邮箱	xiandai@vip.sina.com
印　　刷	三河市金泰源印务有限公司
开　　本	660mm×900mm 1/16
印　　张	15
版　　次	2017 年 8 月第 1 版　　2017 年 8 月第 1 次印刷
书　　号	ISBN 978-7-5143-6304-3
定　　价	32.80 元

献给海蒂

我的指明灯

目录

CONTENTS

目录

CONTENTS

目录

CONTENTS

“也许，这个罪行与犹太教传统的迷信观念有关……”

“像基督教一样。”编辑大胆地插了一句。

—— 豪尔赫·路易斯·博尔赫斯 ——

引子

他们看见一只老鹰、一只猫头鹰、一粒芥菜籽。他们看见生成万物的暗焰。他们看见他们出生时，母亲喜极而泣。他们看见另一个女人死在产房中，她那悲痛欲绝的丈夫把那个毫无生气的新生儿抱在健壮的臂弯里。

他们看见另一个男人，上帝创造的第一人——他们的父亲——在伊甸园的图书馆里，撕扯着自己的衣服，哭喊着。他们看见图书馆周围是一座花园，一个绝望的女人正在倾听从花园外的黑暗处传来的咝咝声。他们看见那个女人手里拿着书，踉踉跄跄地步入未知的夜色中。

他们看见一张写着三个天使的希伯来名字的金属圆片。他们看见那张圆片裂成了三块。

他们看见一座巨塔在诡异的大风中坍塌时，死死搂住塔身的一万个人。

他们看见白蜡树、汽车、旋涡、镜子里的镜子。他们看见一个男人摩挲着一个欣喜若狂的小女孩儿的头发。他们看见那个男人摩挲着眉开眼笑的其他孩子的头发。然后，他们看见那些孩子俯身对着一本书，正在学习上帝之语。

他们看见其中一个已经长成大人的孩子，在狂怒中把一本书扔下悬崖。

他们看见更多的书，无穷无尽的书——羊皮纸书、纸质书、电子书。他们看见一个盲人在一个着火的书店里踉踉跄跄地走着。他们看见一座火山在烈日下喷出灼热的岩浆。他们看见一座装满垃圾的仓库。他们看见一群漂亮的女孩儿把洗涤剂装满一个水桶。他们看见单子下躺着一个硕大的男孩儿的尸体。

他们看见长着一头狂发的怪物向一个老年妇女的喉咙咬去。那是他们的养母。他们看见戴克斯举起一个参差不齐的金属片向那个怪物刺去。长长的静默之后，他们听见牙齿咬入肉中的声音，接着，那个怪物发出一声邪恶的尖叫。

他们看见另外一个老年妇女——他们的生母，面带微笑，在裂隙中坠落。他们看见蝙蝠。他们看见直升机。他们看见日晷和自由女神像。

他们看见一群戴着鳄鱼和河马面具的男女。他们看见那群人在烟雾中满脸惊恐地奔跑、摔倒，艰难地喘息。他们看见那个负责人、那个会长，趴在地板上寻找着什么。他们看见他那双白色的运动鞋，其中右鞋跟比左鞋跟明显高了一截。

他们看见一个邪恶又漂亮的男人，坐在一小段石台阶的平台上，身后是一座圣坛，圣坛正面有两扇极其华丽的小门。男人膝上放着一幅打开的破旧卷轴，长长的白发垂在卷轴上。男人四周的墙上画满了金色和深红色的几何图案——星形、五角形、长方形，所有的图形都饰有曲线和旋涡状的花体线。

他们听见他低声说了些什么，但他们没有听懂。

接着，他们看见一个身穿白色实验服、头发又黑又亮的女人，正在对比两张 X 光照片。他们看她的眼睛睁大了。

他们看见一个燃烧的壁炉里塞进一捆捆的纸。他们看见一群老人正在森林中跋涉，玩着一种致命的游戏。他们看见一个房间里，一群图书管理员满脸震惊地看着古籍被丢得到处都是。

他们看见两个鼓鼓囊囊的尸体袋被从他们家里抬出来。

他们看见一个黑衣人——黑靴子、黑手套、黑面罩——把一块折起来的布按在躺在床上的一个眉毛粗浓的男人脸上。男人四肢乱挥，然后不动了。枕头上的一个袋子掉在地上，银色的工具从里面掉落出来。

他们看见正在实验室给老鼠注射的科学家。他们看见正在封锁街道、桥梁和海港的士兵。

然后，他们看见大批的死尸。数以亿计的脸上布满了黑色脓包和斑点的死尸。家里、医院、街上，到处都是死尸。

他们看见另外一种同样令人恐怖的东西，尽管他们无法确定那是什么。远在地底深处，在地壳和地幔之下地球熔化的内核里，那堆极其丑陋的东西——一大堆一大堆的肥肉和肌肉，像邪恶的心脏那样，在高温下有节奏地跳动着。

戴克斯和黛芙娜不得不移开视线。

他们看见了另一样东西：云中一道道长长的光带。那些光带波动着，闪烁出斑斓夺目的光彩。就像空中裂开了一道缝隙似的，兄妹俩突然从一道光中穿了过去。他们从一道光落入另一道光。这种琥珀色的光线，璀璨夺目，让人感觉充满了生机和活力。

在琥珀色的光线中，在他们的周围有一种图案。好像是某种格子的图案——或者砖块？用光线做成的砖块？

但接着，他们离开了那道光线，再次被旋涡裹挟着疾驰而去。

这一切发生在过去，又发生在现在，同时发生，又永远发生。兄妹俩无处可依，但又无处不在。他们感觉不到自己的身体，也无法把自己的思想与世界的经纬分开。

第一章

离开以后

1

“戴克斯特？”

“嗯？”

幸运的是，那一连串的图像终于停了下来，但黛芙娜却睁不开眼睛。她正拉着哥哥的手，也许她自始至终都拉着哥哥的手。“我们还活着吗？”

“我觉得还活着。”但戴克斯也同样震惊得睁不开眼睛了。

兄妹俩上次思维连贯正常的时候，是他们即将被那个怪物拽出壁橱杀死的时候，至少他们会死在一起。但那样的事似乎并没有发生。他们发现了那本银色的小书——一本似乎包含着万物的书——书中炫目的光线把他们带到了……某个地方。是什么地方呢？

“我们在哪儿？”黛芙娜在心里说。

“我不确定。我看见了咱们家的房子，然后向房子伸出手去。也许——”

兄妹俩睁开眼睛，发现他们在家里，仰面躺在曾经是壁橱的那个地方。他们看到的不是地下室楼梯的背面，而是楼上的厨房。楼梯已经摔碎了，楼梯框架四分五裂地堆在他们周围。壁橱本身其实也不在原位了。壁橱门躺在戴克斯的床边，床的一部分已被从天花板上落下的灰泥埋没了。

黛芙娜觉得浑身发麻。“我几乎抬不起胳膊。”她揉着发抖的胳膊，心想。

“我也是。”戴克斯说。

兄妹俩虚弱极了。

黛芙娜冲哥哥眨了眨眼睛，戴克斯也冲她眨了眨。两双一模一样的眼睛试图重新适应他们曾经熟悉的现实。发生了诡异的事情，而且仍在发生，尽管他们谁也不知道具体是什么事情。黛芙娜的黑色短发乱糟糟的，戴克斯的刺猬头更加“疯狂”了。

“戴克斯，”黛芙娜说，“你看上去，嗯，挺安详的。邋遢，但安详。”

死人都是那样的，戴克斯心想。他不得不承认，黛芙娜看上去也很安详，那种放松的表情是他不熟悉的。事实上，他从来没见她如此放松过，她总是担心过度。也许她终于彻底丢掉了这个毛病。

“我没有——”黛芙娜刚开口，头上的天花板便嘎吱嘎吱地响起来。兄妹俩意识到有什么东西可能还在房子里。但他们谁也没有惊慌。在摩特诺玛村的木质老楼里，嘎吱声并不罕见。他们默默地听了一会儿，直到确定楼上没人。

兄妹俩对彼此耸了耸肩。

戴克斯虽然感觉安详，但早已筋疲力尽。他摇摇晃晃地爬起来。“塔宁拉比的尸体在哪里？”他问道，“还有，乔修士的呢？”

“更重要的是，”黛芙娜说，“莉莉特在哪里？也许它把尸体带走了？”

“那它为什么没带走我们呢？”

黛芙娜小心地站起来。跟这个问题比起来，更让她困惑的是，有什么事她仍然头晕得想不起来。她从来没有感觉这样平静过，但也没有感觉这样疲倦过。“等等，尸体不是莉莉特带走的。”她的思维慢慢清晰起来，“我觉得警察来过这里。我看见他们把尸体装进袋子里抬出去了。戴克斯，我们向阿列夫里面看去时，我看见了那么多东西。”

“就像看见了一切。”戴克斯同意道，“就像看见了整个宇宙。我觉得好像看见了过去，好像也看见了将来。我怀疑这是不是他们所说的‘离体体验’。”

“但我们的身体也离开了。”黛芙娜说，“否则我们就死了。我觉得我们实际上去了某个地方，看到了一切。现在几点了？”

“阿列夫那本书，”戴克斯突然意识到他们谁也没有拿着那本书，“我们弄丢了吗？”

兄妹俩还是毫不慌张。他们只是向四周望去，那本书就躺在地板上，书的旁边是戴克斯不知从哪儿拆卸下来的机械零部件。黛芙娜弯下身去，虽然有点儿踉跄，但她捡起那本银色的小书。然后她打开书，怀疑这一切是一场梦或某种幻觉。

彩色的光芒从书中放射出来，兄妹俩一阵眩晕。但这次他们谁也没有向书里看去。黛芙娜把书合上。

她手中拿的似乎是世间万物或整个世界，以及世界绵延至今的全部时间。不管怎样，黛芙娜把如此惊人的可能性放在一边，心想：我们需要到楼上去。如果再不吃点儿东西，我就会有“身死体验”了。

“如果还有楼上的话。”戴克斯咕哝道，“莉莉特发现我们逃走后，一定气坏了。”

“我们找找，看看还有没有楼上。”黛芙娜把阿列夫放进牛仔裤后兜里，“你刚才说几点了？”

戴克斯根本不知道，他的闹钟收音机不见了。但即使能找到，也不可能是完好的了。这个房间就像被炸过一样，不仅乱——因为这儿一向很乱——而且墙壁已经弯曲变形。天花板几乎就要坍塌了。

兄妹俩费了好大力气，才把戴克斯的床拖到厨房门口的下面。他们把壁橱门放到床上，然后把课桌椅摞到上面。感觉摞得还比较稳当后，他们蹬上去爬到楼上剩下的那部分。

整座房子被破坏了，但楼上简直像爆破区。炉子和冰箱全倒在地上，部分已经摔碎了。电源线和各种连线扯了下来，就像肚子被劈开的野兽一样，内脏在那里悬垂着。大部分壁橱从墙上扯了下来，洗碗池上面的窗玻璃碎了一地。不，与其说这是炸弹炸过的地方，不如说这是飓风经过的地方。

当然，事实就是这样。

黛芙娜从楼下爬上来后，已经累得站不起来了，她干脆爬到冰箱旁。黛芙娜拉开冰箱门，冰箱门砸在地板上，腐败的气息扑面而来。

黛芙娜猛地关上门，然后干呕起来。

“噢，天啊，”戴克斯也闻到了那股味道，哀叫道，“有东西死在里面了吗？”但他立刻意识到，这话听上去不像开玩笑。

“东西全坏了。”黛芙娜皱着眉头说，觉得鼻孔都被熏痛了。“我们去哪儿了？在那儿待了多久？”她心想。

“现在人们都睡了。”戴克斯从窗口向外看去，“我们至少去了几个小时——但吃的东西能坏那么快吗？”他感觉时间既是转瞬即逝的又是永恒静止的，到底是哪种呢？他不再考虑这个问题，因为这时，他看见一个开瓶器。地板上到处都是罐头，他爬过去把罐头拢在一起，然后开始打开桃罐头。

黛芙娜也忘了那个问题。戴克斯用力把刀刃刺进盒盖后，她帮着转动着盒子。盒盖去掉后，他们把桃子倒在手上，直接塞进嘴中。吃完美味的桃子，他们又打开两盒梨罐头，连梨带汤大口大口地吞了下去，把T恤衫都弄湿了。吃完了梨罐头，他们又打开了一盒青豆罐头和两盒玉米罐头。

最后，他们仰面躺在破败的厨房里，享受着吃饱后的感觉，体力慢慢恢复过来了。

心满意足地静躺了十分钟后，黛芙娜觉得脑子基本上又开始正常运转了。身体功能基本恢复后，她终于觉察到那件显而易见的事。“戴克斯特，”她坐起来说。哥哥仍然闭着眼躺在那里，她喊道，“戴克斯！”

“怎么啦？”

“看着我。”

“什么？”戴克斯睁开眼睛，“我在看着你。”

“戴克斯特！看着我的嘴。看着我的嘴唇。我在说什么？”

戴克斯猛地坐直了。原来，让人觉得古怪的是这件事，他怎么没有立刻意识到呢？“我能听见你的想法！”

黛芙娜点了点头。“我也能听见你的。”她在心里说。“发生了什么事？”她大声问道，“当时我们在哪儿？”

“我不知道。我觉得，在所有的地方。”

“光线。”黛芙娜的脑海里涌现出当时看到的图像。她站起来。“瘟疫正在全世界传播！人们都快死了！”她匆匆走进客厅，迈过地上散落的东西。她注意到她那些宝贝相册里的大部分照片，都混杂在地上那堆东西中。没事儿，她心想，只是照片而已。

戴克斯站起来，跟在她后面，闪避着满地他们从前生活的遗迹。他看见黛芙娜注意到那些照片，但令他惊奇的是，妹妹并没有马上崩溃。他并不过分担心在阿列夫中看到的东西。所有死了的和正在死去的都令人恐惧，这是真的，但他不知道这意味着什么。“我觉得，那是未来，”他猜想，“但只是一种未来。”距阿斯忒里俄斯·拉什和他的奴隶埃米特把这个想法带入他和黛芙娜的生活，似乎过去亿万年了。“但未来不一定是那样的。至少我希望这次不会。”

黛芙娜没听见戴克斯的话，因为已经走到窗前的她，看到了外面的东西。戴克斯急忙过去，看她在呆看什么。

街道对面的两座房子已经被风摧毁，或者说，被上帝创造的第一个生物、一个因多次违抗上帝的旨意而被永远囚禁的生物——莉莉特的致命飓风所摧毁。这个他们在无意中释放出来的怪物，此时此刻，无疑正在寻找阿列夫。

但莉莉特为什么要找那本书，他们却毫不知情。

令人惊奇的是，兄妹俩现在都不觉得特别害怕那个由男性、女性、动物和自然元素组成的怪物莉莉特。邻居家荒凉破败的景象也没有让他们惊慌。那两座房子肯定早就没人住了。

“我希望乔修士没有说谎。他说，莉莉特的女性部分被杀死后，变虚弱了。”戴克斯说。他真希望他当时用那个护身符把它彻底杀死了。“但是，如果它变虚弱了——”戴克斯的声音小了下来，他没有必要说出来。莉莉特通过咬人释放新型瘟疫，不过即使在瘟疫的爆发地——被隔离的摩特诺玛村，也没造成成堆腐烂尸体横卧街头的情况。看到这个，戴克斯松了一口气。

戴克斯向脱落了一个铰链的前门走去。他刚碰到门，那扇门便整个砸在门廊上，弄出不可思议的一声巨响。响声在门外回荡时，兄妹俩心头一紧，但他们没有听见任何回应。

很安静，异常安静。周围空无一人。

真是怪事儿，黛芙娜和哥哥迈出门口时心想。她感觉那也应该是件明显的事，但她就是不知道是什么。

兄妹俩注意到的第一件事，是被砸下来的房门扯断的黄色警示带。但这并没有让他们感到异样。他们上上下下打量着那条街，寻找某种迹象——任何一种迹象。街上正刮着一股劲风。

“诡异。”戴克斯低声说道。那些没被损坏的房子里没有一盏灯亮着。连那些房门上打着叉、里面应该有病人的房子里也没有一盏灯亮着。让人更加不安的是，大多数的房门都大敞着。

甚至街上那种鬼镇般的感觉，也不是他们要找的迹象。

空气感觉不一样了，也许更干燥了。

一个正在飘动的东西引起了黛芙娜的注意。那是沿人行道飘移过去的一张报纸。黛芙娜跳下门廊，追了过去。

“小心！”戴克斯喊道，尽管他不知道为什么要小心。

黛芙娜抓起那张报纸，是《俄勒冈日报》第一个板块的部分内容。标题文字出奇的大，但她只瞥了一眼便向哥哥跑回来，她张大了嘴，下巴都要掉下来了。

“怎么啦？”戴克斯问。他怀疑还有什么消息能让他们的境况更加糟糕。现在已经没人照顾他们了，他们没有家了。可能也没有钱了，因为遗产还在冻结中。

但这没关系，真的。但戴克斯不知道为什么他觉得没关系。但没关系就是没关系。

“戴克斯！”黛芙娜喊道，“你看这个！”她把报纸递过去，疯了似的指着报纸顶部的什么东西，尽管她没有指望哥哥那双有问题的眼睛能看清她指的地方。“这儿写着七月三十一号！七月三十一号，戴克斯！我们离开了一个月！如果这不是今天的报纸，时间就更长了——很可能不是！”

戴克斯的嘴巴也张大了，但不是因为妹妹刚发现的这个难以置信的信息。甚至，当他发现能够听见妹妹的想法时也没有这样惊讶……没有这样惊讶——他之所以说不出话来，是因为他自己能够看清那个日期。

这个眼睛有毛病的男孩儿似乎能够阅读了。

第二章

短暂魔力

2

“戴克斯——怎么啦？”黛芙娜知道，哥哥的这种表情意味着有重要的事情发生。

戴克斯把报纸拿过来，然后展开。“这个我能读。”他说，尽管他敢肯定他不喜欢要读的内容。文章标题用很大的字号写着“俄勒冈州已被隔离！”，但即使这样，他仍然小声地、几乎自言自语地重复道，“这个我能读。”

“不用那些塑料片？”

“黛芙娜，”戴克斯说，“我能读。”

“你——你是说，你的暗视力综合征？好了？”

戴克斯特点了点头。不能阅读是他一生的耻辱，这种耻辱并没有因为他终于查出患有暗视力综合征而减轻。暗视力综合征，这个花哨的名字，并不能抵消他有先天缺陷的事实，或改变他在多数情况下仍然不得不对大多数人隐瞒这个事实的做法。给问题命名，并不能让那个问题消失。但是现在，问题消失了。他能读了，能像正常人那样阅读了。

“这——这太不可思议了！”黛芙娜能够理解戴克斯的一部分感受。她一直认为，不能阅读是一个人可能遭受到的最坏的命运了。对她来说，当然更是这样。“但——怎么好的呢？”她问道，“是因为阿列夫吗？它对我们有什么影响？”

戴克斯没有听见，因为他在读报纸。他把报纸给黛芙娜展开。

“噢，不。”黛芙娜终于看见那个标题了。“快来。”她拉着戴克斯特的胳膊回到屋里。兄妹俩回到厨房，在那张好在没有倒地的餐桌旁坐下来。戴克斯把报纸放在桌子上抚平。然后，他那双饥饿的眼睛——极度饥饿的眼睛——开始像他吞食那些罐头食品一样，开始拼命吞食上面的文字。

俄勒冈州已被隔离！

尽管最近由世界知名干细胞研究和传染病专家、俄州健康科大的萝贝塔·弗勒德医生开发的“临时性”疫苗已投入使用，联邦政府宣布俄勒冈州为“严重生物灾难区”，并下令对整个俄州实施前所未有的隔离措施。

在正式疫苗被开发利用之前，目前在俄州的任何人不得穿越州界。西北部国民自卫队已被派往俄州驻守州界，以防再次出现上月发生的、可能会加速瘟疫向波特兰其他地方及更远地区传播的骚乱。

据最新估计，目前的感染人数在三万人左右。有报告称，第一批临时疫苗的效用已出现减弱的迹象，但死亡人数仍稳定在三百六十人。

弗勒德医生成名于三十年前。当时，她作为哈佛大学医学和神学专业最优秀的学生，原定就干细胞研究这一新领域进行一次开创性的演讲，该演讲据说有望永远改变医学和神学两门学科。然而，由于未经解释的原因，该演讲从未真正进行过……

文章还没有结束，但兄妹俩没有相应的页面了。他们只有第一板块的第一页和最后一页。

“弗勒德医生。”黛芙娜说，“我见过她。他们在医院就是把我交给了她。她的黑发特别亮，但她的神情特别疲惫。她给我的感觉就是，她想凭自己一个人找到治疗方法。”

“一定是那个女士，我跟她讨价还价才把你弄出来的。”戴克斯说。

“你怎么把我弄出来的？当时我没来得及问你。”

“我答应把地图之书给他们。”因为能够阅读而心情激动的戴克斯，根本没有留意他刚读的内容是多么可怕，“现在那本书在杜兰特手里。”

“你看。”黛芙娜说。她一直在听他说话，但同时也在浏览报纸。她看到了他们的名字。

被通缉的双胞胎不见踪迹

目前，全国范围内对波特兰市的两名青少年——戴克斯特和黛芙娜·瓦克斯的搜寻仍毫无线索。他们是最早与所谓的“超级瘟疫”有接触的人，同时他们也是当地两名宗教领袖死亡案的嫌疑人。

“噢，得了吧。”黛芙娜冷笑道。

戴克斯过了几秒才明白，报纸上的那句话暗示着他们是杀人犯。他尽管读得慢，但毕竟能读了。“好极了，随他们怎么说吧。”他说，但他的眼睛却好奇地看着妹妹。他无法想象，为什么这个消息没把妹妹推向崩溃的边缘。她有点儿奇怪，但想想看，他也一样，否则，他怎么会坦然接受这一切呢？

“我没事儿。”黛芙娜说，“还没读完呢。”

兄妹俩接着读道：

当局认为，这对双胞胎因为害怕而逃离。据说，他们掌握着瘟疫起因的相关信息，该信息对夜以继日研制正式疫苗的弗勒德医生及其团队来说，具有难以估量的价值。当局要求所有居民……

后面的内容在另一页。

“戴克斯，”黛芙娜看着哥哥的眼睛，“我们需要主动投案。

我们需要告诉弗勒德医生实情，全部——”

“噢，我们告诉一个著名的科学家，伊甸园的怪物把人咬了一口，瘟疫就是这么来的。她会相信吗？”

“上面说，她学过神学——神学就是宗教。”

“我知道神学是什么。不过，她好像后来对神学不感兴趣了，对吧？”

“她确实说过宗教狂热分子之类的话，而且不是用赞赏语气说的。”黛芙娜承认道，“但我们至少应该告诉她，不要浪费时间去找我们或地图之书了。他们可能还认为那本书被传染了、感染了或别的什么了。”

戴克斯特本想嘲笑一声，但却发现自己其实正在考虑要不要真的告诉弗勒德。他觉得自己也一定有地方不对劲了，但他把这个想法放到一边。“黛芙娜，”他说，“什么时候讲真话对我们有好处了？他们将追踪我们的电话，找到我们，然后逮捕我们。”

“但是——”

“我来告诉你吧：在这个混乱的世界，如果有一件事我们可以指望的话，那就是：我们能依靠的只有我们自己。”

黛芙娜无法否认这个令人痛苦的事实。“但我们对伊芙琳讲了真话。”她咕哝道。

“看看真话带来了——”

“好了，”黛芙娜站起来说，“等一下。我需要换件衣服。

我觉得恶心。”她走进洗衣间，烘干机里面有牛仔裤，柜子里面有一摞印有“天堂之书”的T恤衫，上面装饰着一棵结满书而不是水果的树。这些T恤衫他们一件也没送出去，因为他们的书店一天也没开张。黛芙娜得出结论：幸福是她和戴克斯无法品尝的禁果。她脱下身上那件沾有果汁、血渍和呕吐痕迹的T恤衫，然后换上一件新的。

她给戴克斯也拿出来一件。这时她才注意到，哥哥似乎穿着别人的衣服。戴克斯换衣服时，她耸了耸肩，把这件事抛到了一边。

黛芙娜坐下来，看着戴克斯读的那页报纸。

那页上面还有几篇文章，都与检疫隔离有关。其中一篇列出步骤，如何加强临时疫苗的效用，以及如何减少被感染的可能性，方法基本可归结为待在家里和戴上医用口罩。

另一篇文章列出了居民能够购买紧急物品的时间和地点。显然，每座城镇的每一个商店的东西全部卖光了。救济物品每天都会空运过来，因此文章建议人们遵守秩序、保持镇静。上面还有如果发现症状，须去哪里报告。

“上面没有提到艺术中心，”黛芙娜说，“我猜那儿用作村里的诊所了。我觉得我看见蒂尔·泰勒的哥哥在里面了。我觉得那个人是他，因为他看上去像大号的你。”

“你以前总希望自己长得跟潮女蒂尔更像一些。”戴克斯又坐了下来。

“你怎么知道——”黛芙娜停下不说了。她曾幻想她就是那个跟自己长得很像的又富又潮的女孩儿——但这早已成了历史。现在看来，也许一切很快也会成为历史的。整个俄州现在都陷入了这场灾难，这太可怕了。但得知并非所有地方的人都快死了，至少现在是这样，又让她感到极其宽慰。当然，伊芙琳已经死了，而且什么也改变不了这一点。

黛芙娜想起他们填写收养文件的那天，伊芙琳开玩笑说，那只是一个手续，因为作为夏娃，她其实是所有人的母亲。伊芙琳作为养母，不需要任何过渡期，因为她和戴克斯从伊甸园废墟上回来后，她给予他们的爱护已经让她成为他们人生中的第二个母亲。黛芙娜永远不会忘记她的。

“你看。”戴克斯把那张报纸翻过来。看清他指着的东西后，黛芙娜倒抽了一口凉气。那张巨大的照片虽然有点儿模糊，但显然是化身为男性的莉莉特。它身穿白袍，专注地看着一本书。它那疯狂的白发披在书的周围，隐约露出几颗让人恶心的引起瘟疫的锋利牙齿。

戴克斯看着那个可怕的形象，心想，假如他没用那个护身符刺杀莉莉特的话，情况也许会好一些。只杀死莉莉特的女性部分不值得付出这么大的代价。如果莉莉特咬下的那口不带病菌，那伊芙琳只是消失了而已。她本来不必在瘟疫的折磨下慢慢死去的。

照片上面的标题是：吸血鬼在我们中间。照片下面写着：

证据请见 www.durantemuseums.com。

“这张照片是在旅舍拍的，”戴克斯解释道，“就在莉莉特袭击杜兰特之前拍的。”想起自己被袭击的情景，戴克斯一阵战栗。莉莉特的牙齿距他脖子只有几英寸时，它把他像丢一袋土豆似的丢在了地上。他不知道是什么促使莉莉特扔下了他，但也正因为如此，他才得以活到现在。

黛芙娜也颤抖起来，她从没见过怪物的男性化身。但接着她意识到，她看见过。“我见过它！”她叫道，“在阿列夫中！它正在看一幅卷轴！”怪物的男性化身与出现在他们书店并结束了他们新生活的女性化身一样漂亮，也一样恐怖。

戴克斯点了点头，他也在阿列夫中看见过。

“这是一条广告。”黛芙娜注意到标题上面写着“付费广告”四个字。

戴克斯摇了摇头，杜兰特的无耻让他感到恶心。但接着，他注意到这页报纸上的其他内容。“我的天，你看这个。”他说。黛芙娜向他指着的那篇文章看去：

阿根廷发现第三十三名器官窃取组织的受害者

阿根廷布宜诺斯艾利斯的居民，马塞尔·亚尔莫林斯基博士，成为恶贯满盈的国际器官窃取组织，现统称为“开膛手杰克”的最新受害者。在过去的两周内，全球有三十三人，其中包括十名婴儿，在不同城市遇害。国际当局对此深表困惑。亚尔莫林斯基博士被谋杀于宾馆房间，其肾脏、心脏和肺已被取走。

“这个我们在阿列夫中看见过吗？”戴克斯打了个寒战，“有个人躺在床上。我——我觉得我看到了工具。旁边有个黑衣人。”

一想到那个画面，黛芙娜的脸色变白了。这太过分了！这就是压死骆驼的最后一根稻草。不管黛芙娜在心中筑起了怎样的情感堤坝，那堤坝瞬间出现网状裂纹，随即便崩裂了。“戴克斯，”她抽噎着说，“世界为什么这么可怕？我们做了什么要被惩罚待在这样一个地方？而且可怕的事没完没了！这场瘟疫也许是件好事，也许它就像挪亚方舟一样。也许我们需要从头开始。我的那些照片全毁了……怎么啦？”

戴克斯眯着眼睛，但他并没有看着黛芙娜。事实上，他甚至没有听见她在说什么。报纸上的那些字看上去似乎在动，他心中一惊，感觉浑身一阵燥热。他想再多看一点儿，却看不清了。

“出了什么事？噢，不！”在过去的一年里，戴克斯的这种表情黛芙娜见多了。每次他试着用老师推荐的方法——把彩色塑料片覆盖在书上阅读时，如果塑料片效果不好，他都是这副痛苦的表情，看着让人难受。

“它们在动！”戴克斯喊道，“又开始了！我不能读了！”他把匕首一样锋利的目光投向背叛了他的那页报纸，但毫无用处。上面的字仍在移动、坠落。他的暗视力综合征又犯了。戴克斯一拳打在报纸上，结果反被报纸下的桌子撞青了手。让他保持镇定的基石瞬间垮塌了，安宁的心碎了一地。

“我很抱歉。”黛芙娜在心里说。她思考着发生的这一切，惊奇地发现，仅仅几分钟前，她的生活，她那问题的海洋还很平静。而现在海底板块却移动着，海浪向她涌来，准备把她击个粉碎。

见戴克斯没有回应，她在心里问，“你能听到吗？”但戴克斯还是没有回应。

“戴克斯，”她大声说，“你听见我的想法了吗？”

“什么？”

“我觉得我们再也听不到对方的想法了。我们用阿列夫时，不管阿列夫给了我们什么样的魔力——那魔力消失了。”

“当然消失了。”戴克斯在心里说。黛芙娜没有反应，因此他知道黛芙娜说得对。这就像他们能说魔力之语时一样，魔力持续的时间也很短。事情总是这样。好东西都会很快失去，它们的作用只是用来加重失落的感觉。这是他从生活中得到的教训。从他知道谁是他的亲生母亲到母亲坠入裂隙，这中间持续了多长时间？从他跟养母一起愉快生活到养母去世，这中间持续了多长时间？一阵难忍的燥热再次涌过他的全身，但没等他决定怎么办，轮胎刺耳的吱嘎声从屋外传了过来，他警惕地向窗外望去，黛芙娜早已蹲下身躲了起来。

一辆警车一个侧滑，停在了他家房子的正前方。

第三章

可去之处

3

从汽车前门下来两个警察，从后门下来一位头发黑亮、一身白衣的中年妇女。他们三个全戴着医用口罩。看见街道对面那两座被夷为平地的房子，他们停下来，一时无法理解这怪异的景象。一个警察弯腰去系鞋带。

“你的鞋！”戴克斯叫道。他们忘了黛芙娜鞋里的跟踪器。

黛芙娜疯了似的想踢掉右脚的运动鞋，但还没等她踢下来，戴克斯便推她进了洗衣间。他锁住门时，看见那三个人冲进一片狼藉的房子里。

黛芙娜从口袋里掏出阿列夫。

“黛芙娜！”不一会儿，那个女人便冲着洗衣间的门口喊道，“我是弗勒德医生！我必须跟你谈谈！”门把手哐啷哐啷地响起来，“我们把你的检查结果搞错了。你感染了，但我们能帮你！”

黛芙娜的脸色变白了，但戴克斯冲着门口冷笑了一声。骗子，他心想，人人都是骗子。“你们的生化服真不错啊！”他故意嘲弄道。他从妹妹手中拿过阿列夫，放在洗衣机上。然后打开封面，彩色的光线猛地飞射出来。

“见鬼！对不起！”弗勒德医生喊道，“嗯，”她承认道，“好吧，你没有生病，但是——”

“那本地图之书，”黛芙娜喊道，“没有感染病菌！瘟疫不是它引起的！维吉尔·杜兰特——那个亿万富翁——他拿着那本书！”

现在，整扇门哐啷哐啷响起来，但很快停了。“等一下，”弗勒德医生低声说，“让我把他们劝出来。”然后她对兄妹俩说，“是的，我们知道他拿着那本书。”黛芙娜吃了一惊。“他不让我们看，但允许我们扫描。我们知道那本书没有问题，所以我们想跟你们谈谈。我们需要知道瘟疫到底是怎么开始的。孩子们，我希望到现在，你们能够明白形势的严重性。我们开发的疫苗只是临时的。可能因为我们，发生全球瘟疫。但我在这里告诉你们，我不会让这种事情发生的。我要结束这场危机——而且我需要你们的帮助。”

一直望着光线的戴克斯，把注意力转到妹妹身上。黛芙娜正看着门，他可以看到她眼中既厌恶又渴望的神情。显然，黛芙娜正处在神经崩溃的边缘，她想屈服、想放弃、想彻底把这副关系世界安危的重担卸给别人。弗勒德医生想要的似乎正好是这个。戴克斯理解妹妹的感受，但他并不同意这么做。“黛芙娜，”他小声嘶吼道，“她不会相信我们的。他们会把我们隔离或逮捕，然后我们就什么也做不成了。”

黛芙娜看着戴克斯，一脸困惑，但她慢慢明白了。至少，她心想，弗勒德医生会把这本万物之书拿走的。只是，她感觉太累了——太累太累了，但她同时也特别生气。她的照片——她所有的照片都毁了！戴克斯说得对。

黛芙娜动了动，好像要进入光线中似的，但戴克斯拉住了她。“帮我找个去的地方，”他小声说，“但等一下。”他转身向洗衣间的后窗匆匆走去。

一个东西啪的一声打在门上。

“我说了，等等！”弗勒德医生喊道，“再违反我的命令，我就开除你！”

“‘找个去的地方’是什么意思？”黛芙娜慌得声音都高了上去。

“伊芙琳能用阿列夫跟踪爸爸。”戴克斯把窗户用力推上去，解释道。他需要伪装出一条合理的逃跑路线。

“我们能去要找的东西那里！”

“黛芙娜！”弗勒德医生喊道，她的声音焦急起来。“我们又仔细看了你的X光照片，发现有个异常的地方，我们在伊芙琳·伊敦的X光照片中也看到了这种异常。但这种巧合几乎是不可能的，因为你们没有血缘关系。我们不知道这意味着什么，但我们想——”

“别撒谎了！”戴克斯喊道，“我们不会让你们关起来的！”

他回到妹妹身边，向光线倾过身去。

“孩子们！听着！我不是来这里——见鬼！我应该一个人来。我知道你们没有杀死那些人——你们不可能拧断两个成年人的脖子。另外，我能保证你们免于起诉。我能给你们——想要的一切！”

“今天几号了？”黛芙娜问。

“什么？”

“日期！今天的日期！”

“八月一号。问这个干什么？孩子们，请告诉我这一切怎么开始的！”

“黛芙娜！”戴克斯拉着她的胳膊。

“莉莉特！”黛芙娜被戴克斯拉回到光线中时，冲着门尖叫道，“只要弄清楚莉莉特，你就明白了！”

“什么？”

黛芙娜和戴克斯一起向书中望去。

一时间，到处都是炫目的光亮，但接着，图像开始在他们眼前慢慢旋动起来。

弗勒德医生还在急切疯狂地说着什么——说她知道他们的遗产被银行冻结了，以及提供线索可能得到的赏金——但兄妹俩没有听见她的话。他们全神贯注地看着：

他们看见一个身穿西装、头发又黑又亮的年轻女人站在讲台上。一大群人坐在会议椅上，满怀兴趣地看着她。房间里一片低语声，人们的期待越来越强烈了。女人把马尼拉文件夹打开，放在讲桌上，然后深吸一口气，微微一笑。但接着，会议厅一侧的什么东西吸引了她的目光。

她睁大眼睛，笑容立刻消失了。她再次看着台下，过了好大一会儿，说道："对不起。"然后拿着文件夹，走下讲台。一个身穿西装的冷面男人等在那里，那男人又矮又壮，头发全秃了。他看着她走过来，好像除此之外，她别无选择一样。

他拿着一支枪。

这个景象逐渐消失了。他们看见那个冷面男人在另外一个地方。他扼着一个男人的脖子，然后把那个人放倒在一段昏暗的楼梯下面。然后，他们看见冷面年轻了一些，头发还没有全秃。他身穿燕尾服，坐在一张拥挤的餐桌旁，正偷偷地把纸包里的粉末倒进一个葡萄酒杯里。然后，他们看见他更年轻也更瘦了一些。他拿着一个碎冰锤一样的东西，躺在一辆汽车的下面。

现在，冷面只是一个普通小男孩儿。他身穿制服：一件短袖衬衣，一件运动外套，一条海军蓝裤子，手里拿着一根断了的绳子，正站在学校操场边的栅栏门旁号啕大哭。那里还有其他孩子，但他们都在大笑。眼泪顺着男孩儿的脸庞流下来。他看着欺负他的那些孩子，没有说话，但他那张原本正常的脸，像被拔掉了插头一样，变成一张毫无表情的冷面。那些孩子停止大笑，后退一步，男孩儿拿着绳子从门口跑了出去。

接着，黛芙娜和戴克斯看见海浪拍打着海滩。

他们看见两只恐龙在荒凉的平原上搏斗着。

他们看见从工厂烟囱里飘出的烟。他们看见一条癞皮狗从车流中穿过。他们看见雷雨云砧内形成的一滴雨。他们看见老虎身上的斑纹。他们看见一对情侣在接吻。他们看见一百、一千、一百万件事情。

兄妹俩试图集中精力，看清眼前万花筒般旋转的图像，却不知道到底想看见什么。

有东西打在了门上，但他们都没听见。

“戴克斯！”黛芙娜叫道。

戴克斯看见了它——莉莉特。就像他们以前看见它的那个样子，莉莉特坐在石台阶上，用那双锐利的红眼睛，查看着一幅已经皱裂的羊皮纸卷轴上的外文。

“啊，是的，”莉莉特微微一笑，露出锋利的牙齿，“就在这里。”接着，它又说了些什么，但明显不是英语，听上去像Alarosh[①]。“太简单了。”它补充道。兄妹俩看见围绕在怪物周围的那些图案丰富的墙壁。但还有别人在那里吗？

是的！在莉莉特的后面，有一个身穿浅蓝色长袍的驼背老人，乱蓬蓬的头发上戴着一顶白色的无檐便帽。老人站在莉莉特的后面，在圣坛的阴影下颤抖着。现在他拿着一个东西，向

① 实际上，怪物说的是希伯来语“Al ha rosh”。——译者注

怪物慢慢走过去。

护身符!

戴克斯和黛芙娜目不转睛地看着他。

警察在踢门，一脚又一脚。

现在，那个神秘的老人就站在莉莉特的后面。

莉莉特继续看着那幅卷轴。

“不！”戴克斯喊道，因为他知道即将发生什么。

老人用颤抖的手，举起那个参差不齐的金属片。那个能够防范莉莉特的古老护身符，在世上只剩下两个残片了，而这是其中之一。

莉莉特继续看着卷轴。

黛芙娜屏住了呼吸。

老人用金属片的尖端向莉莉特刺去。就在这时，忽然刮起了黑风。在随即笼罩了一切的黑暗中，只听见老人的叫声和金属片落在石头上的叮当声。

接着便是很大的断裂声。兄妹俩把目光从光线中移开。

洗衣间的门就要被撞开了。

戴克斯和黛芙娜绝望地向阿列夫内望去。里面闪现着一幕幕的景象。

“黛芙娜！戴克斯特！”弗勒德医生喊道，“我本来不想告诉你们，但你们的母亲死后，她身上发生了一件可怕的事。伊芙琳是第一个——”

这些话兄妹俩都听见了，但这时，黛芙娜在阿列夫中看见了一个东西，她尖叫一声，把弗勒德医生后面的话淹没了。

“该死！”弗勒德医生怒气冲冲地说，“我进来了！把门踹开！快点儿！”

这次，洗衣间的门被一脚踹开了。

弗勒德医生冲进来。

但里面的人不见了。

第四章

消失的文字

4

戴克斯看见了让妹妹惊叫的东西，但他依然把她拉回到光线中。他们没时间做其他任何事了。

现在，他们正落入旋转、夺目的光芒中。

但接着，他们突然掉了出来。

因晕头转向而安静下来的黛芙娜，又开始尖叫起来。

兄妹俩站在一个昏暗的宾馆房间里，花卉图案的壁纸有些剥落。戴克斯担心妹妹终于要崩溃了。但接着，他又看见了那个场景，但不是在阿列夫中，而是在他的眼前：那个男人像被剖开的鱼一样，躺在床上。

戴克斯干呕起来，他转过脸去。但他接着看到的，几乎同样令他震惊。房间后面有两个身穿橄榄灰制服的警察，正在握手。他们显然没有被突然出现的两个孩子惊扰，尽管其中一个孩子像是她自己被开了膛一样正在尖叫。屋子里还有一个人，正在那里拍照，看上去像名记者。

戴克斯走近妹妹，让她从血淋淋的景象中转过脸去。“我们其实不在现场，”他说，“我猜这是昨天的事。”

“什么？”黛芙娜嚷道。但至少，她不再尖叫了。

“你看。”戴克斯指着仍在握手的两个男人。那两个人都戴着乳胶手套，这在犯罪现场是正常的，但他们握手的姿势却很古怪：彼此把拇指按在对方食指的掌指关节上。他们终于松开手，一边用西班牙语交谈，一边把梳妆台上看上去像受害者的个人物品——一个钱包和一串钥匙——装进袋子。那名记者从兄妹俩中间穿了过去，丝毫没有注意到他们。

“噢，天哪。”黛芙娜说，恨不得让眼前的景象立刻消失。她不用看死者的脸，也知道曾看见过他。“我知道我们为什么在这里了。”她说。

“你知道？”

表面上，黛芙娜控制住了自己，但其实，她正摇摆在崩溃的边缘。她看着戴克斯的眼睛，解释道：“弗勒德医生最后说的——伊芙琳身上发生了一件可怕的事——这让我想起报纸上的那篇文章，那个叫作‘开膛手杰克’的组织。然后我就看见了这个情景，然后我尖叫起来，然后你把我拉回到光线中——这样的事发生在伊芙琳身上了吗？”

戴克斯尽量不看受害者，尽量不想其他坏消息。“难怪我们看到弗勒德医生站在讲台上，”戴克斯意识到，“然后看到那个长着一张冷面的杀手。那一定是她原计划要做的演讲！当时我也在想着莉莉特。这太棒了！你明白吗？我们能找到我们心里想着的任何东西，然后就能到那里去。我们离开这儿吧。”他准备打开阿列夫。

黛芙娜太同意了，但她还没来得及这么说，一个警察喊叫起来。兄妹俩看见他跪在另一张床的床边，向床下望去。然后他趴下去，伸手去够什么，却什么也没够着。那个个子比他高、胳膊比他长的警察也趴在了地上。他仔细看了看床下面，然后把他们发现的东西掏了出来。那是一个银色的工具，看上去像个钻头，顶端装着一个圆刀片。

戴克斯目瞪口呆地看着那个钻头。黛芙娜几乎要吐了。

“Dios mio[①]！”高个儿警察小声说，那个令人恶心的钻头在他手中颤抖着。

仍跪在那里的矮个儿警察没有看钻头。他的目光被尸体上的某个东西吸引过去了。死者的头就在他眼前的另一张床的床沿上，他盯着死者的头，说道：“Mira[②]。”他一只手把死者稀疏的头发按到一边，另一只手拿小手电照了照。他身边的摄影记者凑过去，看了看死者头皮上的东西。他倒吸了一口凉气，然后开始拍照。

这阴森的一幕虽然让戴克斯恶心，但也让他感到好奇。他走过去，想看看他们在看什么。他站在他们身后一个视线好的

---

① Dios mio，西班牙语，意思是：天啊！——译者注

② Mira，西班牙语，意思是：看。——译者注

位置。“黛芙娜，”他尽可能倾过身去，“过来看一下。”

“没门儿。”黛芙娜背过身去，“我们去别的地方吧。现在就去。”

“那儿好像有个符号，但——我的眼睛又看不清了。”

“没——门儿。”黛芙娜说。

“我们可能需要知道那是什么！”戴克斯没好气地说，他深吸一口气，控制住自己的怒气，“也许我们能帮上忙！也许我们能用——”

“戴克斯特，我不在乎。我受够了。什么死尸我也不看！”

“马上过来，黛芙娜！”

“不！”

戴克斯气冲冲地向妹妹走来，他刚要抓住她的手腕，矮个儿警察站起身，从后兜里掏出一个便笺本，开始把他看到的东西画下来。戴克斯走过去看他画什么。

戴克斯以为自己在干什么啊，黛芙娜想，把我强拉过去看吗？尽管生气，但她看到警察在便笺本写东西的时候，她强迫自己冷静下来，然后走了过去。

17

“Diez y siete？”矮个儿警察看着把电钻装袋的同伴，问道。

“意思是十七，”黛芙娜说，“那个东西看上去像十七的变体。”

“我知道 Diez y siete 什么意思！”戴克斯怒吼道。他正费力看着那个晃动的数字，但那数字快要看不清了。他气得浑身颤抖。他不明白为什么就看不清了，因此更加生气了。

黛芙娜也眯眼看着那个数字，但她也快看不见了。

“我们在这儿干什么呢！”她质问道，“谁在乎他脑袋上有没有刺了一个数字？我们走吧！现在就走，戴克斯特！我们走吧！”直到这时，黛芙娜才发现阿列夫在哥哥手中。她伸手要拿，但戴克斯躲开了。“戴克斯特！”

“那不是刺青。这点我能看出来。”

黛芙娜困惑地看着戴克斯。“什么意思？那它是什么？”

“是胎记或别的什么。”

“他脑袋上有个数字十七的胎记？”

“或者是伤疤或别的什么。看上去不平滑。”

这让他们想起了戴克斯特的手。他们完全忘了他那只被第一个护身符烫上希伯来文字的手。兄妹俩看了看他的那只手，却什么也没看出来。那只手全好了。

“有没有可能他脑袋上被烫上了一个数字？”黛芙娜问。哥哥的手上竟然没有留下疤痕，这让她感到非常惊奇。这是因为他们消失的那一个月吗？但她把这个想法抛到一边。“求你了，”她说，“我们在这儿不合适——这个可怜的人，我们把他当成某种标本了。戴克斯？”

戴克斯特还在看自己的那只手。手上没有任何瑕疵，看上去——完好如初了。

“戴克斯！”

“什么！”

黛芙娜想了想，然后说：“我们去找那个拿着护身符的驼背老人吧，也许那就是我们要找的护身符。我们看能不能找到他。也许我们能从他那里拿到它。戴克斯！”

戴克斯终于把目光从手上移开，开始考虑妹妹的建议。虽然没有讨论过，但他们都知道需要做什么。他们都看见了那只眼睛，虽然他们也没有讨论过这件事，但都明白是谁在看着他们，不管他、她或它在哪里。他们需要找到剩下的两个护身符，然后用它们彻底摧毁莉莉特。

戴克斯胸中莫名其妙的怒气慢慢消失了。他点点头，打开手中的阿列夫。五彩的光线飞射出来，照在他脸上，把他那双绿色的眼睛映衬得熠熠生辉。戴克斯向书内看去。

“等一下。”黛芙娜说。她弯下腰，把藏着跟踪器的那只鞋脱下来，然后向鞋里面摸去。她在脚趾处找到了那个小圆片。她把那个圆片扔在地上，然后穿上鞋，用脚跟踩在那个圆片上，说道：“好了。”

兄妹俩看也没看房间里那个可怕的景象，重新回到光线中。

第五章

去圣坛

5

一个孩子盖着单子，躺在床上。那个孩子死了。

一个长满脓包的女人，举枪对准了自己的头。

医院里随处可见死去的和正在死去的人。

然后，兄妹俩看见一幅图像，一幅时代广场上的巨大图像。那是莉莉特在旅舍时的照片。同样的照片还出现在这一地区的所有广告牌上。除此之外，这张照片还出现在其他街道、其他城市和其他国家。

图像闪了闪，然后变了。

他们看见一个山洞，许多山洞中的一个山洞。山洞里面暗得看不见太多的东西，但有个东西在暗影中尖叫着。痛苦的叫声回响在山洞里。

然后兄妹俩看见更多的东西。

昏暗的山洞里，一个东西瘫软地躺在地上喘息着。它周围有一堆一堆的东西，兄妹俩第一次向阿列夫中望去时，看见过这些像心脏般起伏跳动的可怕东西。它们冒着蒸汽，在黑暗中滴答着血一样的黏液。

地底下传来隆隆声——兄妹俩立刻听出了这种声音。在没有其他任何征兆的情况下，山洞地面突然裂开，在那堆令人恶心的东西中间撕开一条参差不齐的裂口。躺着的身影大叫一声，却似乎站不起来。那堆东西开始掉下时，它挣扎着跪坐起来，绝望地向它们伸出手去，但毫无用处。

仅仅几秒钟，那堆东西便一个不剩地全不见了。地下板块移动着、摩擦着，裂口随之开始缩小，然后也消失了。山洞里只剩下跪坐在地的身影，它又尖叫了一声。这声尖叫充满了难以言喻的痛苦。

兄妹俩感觉毛骨悚然，他们强迫自己向上看去。

他们立刻看到空中有一条长长的、起伏的缝隙，里面有道极细的琥珀色的光线。

黛芙娜感到哥哥正拉着她向那道光线奔去。

戴克斯！她在心里说，护身符！我们得去找——

但已经晚了。他们已经穿了过去。

安宁，超自然的安宁立刻浸润了他们的全身，把他们所有的焦虑和愤怒都消解了。担心、压力、恐惧，全部消失得无影无踪。戴克斯和黛芙娜没有身体，却能体会到平静；没有身在何处的感觉，却知道处在某个地方。他们既不想动，也不想说话。

不知怎的，他们什么也不想做了。

慢慢地，他们第一次在琥珀色光线中瞥见的图案出现在他们周围。长方形？砖块？但现在某种东西，某种与光线密不可分的东西，从他们身上或从他们中间穿了过去。

戴克斯突然渴望进入那个似乎是某种格子的地方。有东西在那里，那是属于他的。

但接着，光线之外的图像开始闪现在兄妹俩的周围。

黛芙娜寻找着那个身穿浅蓝色长袍的驼背老人。

那个老人就在那里，擦拭着圣坛周围的栏杆。

尽管她渴望留在光线中，永远不离开——尽管将永远不知道自己该做什么，但她拉了拉戴克斯。这虽然是下意识的，但她却能感到他们之间的联系绷紧了。

戴克斯不想离开。他想找到他的东西。他需要知道他的东西是什么。

那个老人继续擦拭着，一边擦一边哭。黛芙娜看见他从口袋里掏出那个护身符，拿在手中仔细看着。“戴克斯！”她喊道。

戴克斯抗拒着，但黛芙娜决心已定。戴克斯把她拉入琥珀色的光线中时，她凭借意志力猛地把他拉了出来。

随即，兄妹俩发现他们在教堂中心的八角形平台上。天色昏暗，但从楼上窗口泻下来的月光，把教堂内部照亮了。

矩形的空间被高耸的大理石柱子纵向分成了三部分。兄妹俩所在的八角形平台被小型柱子支撑着，除前后两边，六边均有栏杆环绕。

在他们的前面是通往圣坛的石台阶，台阶尽头的大平台的左右两侧，各有一个大型的枝状烛台。

大厅四壁的每一寸细节都美得令人窒息。兄妹俩周围充满精细的几何图案，让他们觉得他们好像与无限的、永恒的几何图案融为一体了。

“那些是‘大卫星’。”黛芙娜用手指着，小声说。圣坛那两扇装饰华丽的门上各有一个嵌板，嵌板上各有一个大六角星，六角星的下面是几行外文。黛芙娜确信，那是希伯来语。“真诡异，”她眯着眼看着那些外文，补充道，“我觉得那些是摩西十诫。这一定是座犹太教堂，尽管看上去有点儿——阿拉伯风格？”

黛芙娜转头想看看戴克斯怎么想的，却发现他已瘫倒在她脚下。黛芙娜还没来得及着急，便瘫倒在了戴克斯的旁边。

第六章

守护人阿兹尔

6

警笛声像路遇大雾的汽车前灯一样时隐时现。戴克斯睁开惺忪的眼睛时，已经把那声音忘了。他正在一个昏暗闷热的小房间里，躺在一条木质长凳上。他艰难地爬起来。黛芙娜在另一条长凳上，刚睁开眼睛。她冲戴克斯无力地眨眨眼睛，坐直身子。

兄妹俩一坐起来，便看见那个老人也在那里。他身体前倾，蓬乱的头发搭在隆起的后背上。他站在兄妹俩之间，拿着两杯热气腾腾的饮料。老人橄榄色的脸上带着笑容，但很勉强，微微瞪大的眼睛中流露出深切的悲哀。也许，还有怀疑和害怕。

戴克斯和黛芙娜的胳膊几乎没有力气了，他们能做的只剩下接过杯子，不让杯子掉下去。兄妹俩都喝了一小口，让他们极其欣慰的是，这种有点儿颗粒状喝起来却像最甜的蜂蜜一样的热饮，把他们的疲惫奇迹般地驱走了。不仅如此，也把他们刚刚意识到的强烈的饥饿感驱散了。老人仍站在那里，看他们小口喝着这神奇的功能性饮料。

黛芙娜忽然想到，他们看见这样一个长相吓人的人应该感到害怕，但她不害怕，而且一点儿也不害怕。她只觉得好奇。是的，那种安宁感又回来了。她闭上眼睛，如同让热饮温暖她的身体一样，让安宁温暖着她的灵魂。

“我也不怕。”戴克斯在心里说。

黛芙娜听见了。她睁开眼睛，看着戴克斯。“我又能听见你的想法了！”她在心里说，“我们得搞清楚他为什么还活着，但等一会儿。这是我喝过的最好的饮料了。”

戴克斯点点头，表示同意妹妹的看法。他还没准备好怎么提问，黛芙娜也一样，于是他们继续喝着饮料。老人也继续看着他们，不过，他那表情丰富的脸上流露出越来越多的期待。

“谢谢您。”黛芙娜把空杯子递过去，终于说道。

“英语！”老人脱口说道。他接过杯子，匆忙放在他身后的一张简单木桌上。桌子上有沓报纸。报纸旁的托盘里有一碗坚果似的东西，老人拿起来又放下，显然，激动得忘了给他们吃了。现在，兄妹俩感觉好多了，他们打量着这个房间。房间里除了一张桌子、桌后的一把椅子、一个书架以及他们所坐的两条长凳外，再也没有别的家具了。

“英语！”老人接过戴克斯的杯子，重复道，“不是希伯来语，不是拉丁语！你们说英语！阿兹尔说希伯来语和拉丁语，当然也说阿拉伯语，但也说英语！我能说许多种语言。我是阿兹尔。我们可以交流！你们两个真漂亮。”接着，他长长地叹了口气，拖着脚步回到那张倾斜的木椅旁，一屁股坐了下去，眼中刚刚燃起的火花转眼便熄灭了。

他是个疯子，戴克斯在心里说。他向黛芙娜看去，却发现她容光焕发。她的皮肤发出一种微光，而且她看上去很安详，极其地安详。戴克斯不知道自己是不是也这样。

你也是，黛芙娜在心里说。然后，她转向阿兹尔："我们——我们在哪儿？"

"我们当然是在开罗了！你们难道不知道吗？"阿兹尔说。兄妹俩刚才察觉到的他那有点儿怀疑的神情，现在表露无疑了。

"埃及？"戴克斯无法掩饰自己的惊讶，"等一下，"他好像看到了什么东西，小心地站起来，"那张报纸——"

阿兹尔拿起最上面的那张报纸，给兄妹俩看了看头版上面的照片。还是莉莉特在旅舍的那张照片，他们在阿列夫中看到了，那张照片不知被贴了多少地方。"哼，"阿兹尔抱怨道，"那个大富翁正把莉莉特展示给全世界看。这里天天都是莉莉特，指示牌上、收音机上、电视上、电脑上。现在所有的国家都是这样。有钱的傻瓜往往是最蠢的傻瓜。"

他知道莉莉特！黛芙娜差点儿大声说出来。他当然知道它了，她意识到，他曾经试图用护身符杀死它。

戴克斯没有任何回应，他仍看着那张报纸，看上去兴奋不已。"我能读报纸，"他在心里说，"我是说，我读不懂阿拉伯语，但我能看那些文字！”

“这是一座犹太教堂，对吗？”黛芙娜冲哥哥笑了笑，问道。

“班耶兹拉犹太教堂！”阿兹尔宣布道，听上去似乎很受伤的样子。在这充满深情的声明之后，他等了一会儿，然后补充道：“这是埃及最古老的犹太教堂！阿兹尔是这里的守护人。我的名字是阿兹尔。盛放小摩西的箱子就是在这儿发现的！难道你们不知道这个吗？”戴克斯和黛芙娜担心起来，绞尽脑汁想给出一个解释，但没等他们开口，阿兹尔便替他们至少暂时解决了这个问题。“也许发生在这里的事不是你们所关心的，对吧？”他说，“也许你们需要关心其他事情。”

“他觉得我们是谁？”黛芙娜在心里说。

戴克斯耸了耸肩。他看着阿兹尔。“我们非常忙。您能回答我们几个问题吗？”

阿兹尔没有马上回答，好像在考虑这个提议一样。最后，他慎重地点了点头。

兄妹俩彼此看了一眼，谁也不知道该从哪儿开始。“莉莉特来过这里？”黛芙娜尽量小心地试探道。

阿兹尔似乎立刻在他们面前崩溃了。“阿兹尔失败了，”他把头放在桌子上，脱口道，“我太羞愧了。”他哀号着说。

“您能告诉我们发生了什么事吗？”戴克斯问。

“那个魔鬼！”阿兹尔重新坐直，睁大一双惊恐的眼睛，喊道，“莉莉特！在发现那个之后，我父亲觉得它一定会来找他。他死的时候说，莉莉特一定会来找我的！英格兰大学的消息传过来时，阿兹尔确信，我父亲说对了。但是——我彻底失败了。我撒了谎，但现在我必须说实话。”

“谁来找你了？”黛芙娜问，“发现什么了？传来了什么消息？”

疯子，戴克斯心想。

“Geniza[①]！”阿兹尔说。见兄妹俩露出不解的神情，他似乎很恼火，但他解释说，“你们知道，犹太人有个规定，带有上帝名字的任何文件都不允许毁掉。中世纪的时候，任何带有希伯来文字的东西也不允许毁掉！比如说，祈祷文、法律文件、甚至信件或票据这类普通的东西！”他看了看黛芙娜，又看了看戴克斯，好像期望能唤醒他们的记忆一样。看他们没有反应，他继续说，“任何带有上帝名字的文件再也用不着了之后，就放进一个 Geniza——也就是犹太教堂在阁楼或地下室的储藏室里。有时候，也会封在墙里面或埋在地下！”

正常情况下，一提到储藏古籍的秘密地方，黛芙娜便会兴奋不已。但在这个故事里，她却看不到任何浪漫。她只想弄明白她和戴克斯需要知道的东西，然后去做他们需要做的事。如果得不到任何有用的信息，他们就该离开这里。“这儿有一个

① Geniza 为希伯来语，意思是储藏室。——译者注

Ganitza吗？”她问道。

“Geniza。”戴克斯纠正道。

“这里的Geniza是全世界最有名的！”阿兹尔宣布道。他的脸色因为怀疑，沉了下来。“1890年，我祖父是这里的守护人时，它就是最有名的了。储藏室的天花板掉了下来，发现了几千件中世纪的原件，里面有许多古籍，宗教的、非宗教的都有。许多秘密和不为人知的东西也发现了。”

“关于莉莉特的吗？”

“当然不是！”

“但是，”黛芙娜说，“您有一个护身符。”

听到这个，阿兹尔似乎大吃一惊，他立刻把手伸进长袍的口袋。但接着，他点点头，看上去放心了。

“那些文件被发现后，”他说，“非常不幸的是，许多被盗走了，所以剩下的便被运走了，大部分运到了英国剑桥大学。但后来——”

“莉莉特去那里了。”戴克斯意识到，“我们——第一次在光线中时，我看见它了。它在一个图书馆里。图书馆一片狼藉，那些小纸片被丢得到处都是——就像飓风从那里经过了一样。”

“是的，”阿兹尔确认道，“我在新闻上看到了。我知道它下一步就会来这里。果然，它第二天就来了。”

“您怎么知道的？”黛芙娜想起她和戴克斯在阿列夫中看

到的，一群图书管理员看着那个房间，满脸震惊的情景。“您知道它在那里找不到它要找的东西是吗？”

阿兹尔点了点头。“当然知道，”他说，“因为那个东西在我这里，任何小偷和图书管理员都拿不走的！”

“什么东西？”兄妹俩同时问道。

阿兹尔没有理会这个问题，而是说：“我，跟我父亲、我祖父、我曾祖父、我曾祖父的曾祖父一样，一直到这个基督教堂建立时，我们都是上帝选定的守护人。光荣的守护人。”

戴克斯和黛芙娜交换了一个眼色，决定暂时把那个问题放在一边。

“您刚才说‘基督教堂’？”黛芙娜问。

“是的，”阿兹尔确认道，“这最初是座基督教教堂，El-Shamieen[①]，建于公元 6 世纪，直到公元 9 世纪才变成犹太教堂。”

“El-Shamieen！”戴克斯喊道，“乔修士被莉莉特杀死前，把这个地方告诉了它！”

“您不是犹太教徒？”黛芙娜问道。想到复仇心切的乔修士造成的巨大损失，她摇了摇头。

“我是基督教徒，”阿兹尔说，“我的任务是保护基督教的一个秘密。犹太教堂的守护人通常都是非犹太教徒，这样他们

① El-Shamieen 为希伯来语，此处指班耶兹拉犹太教堂。——译者注

在安息日也能工作。”

“我敢打赌，”戴克斯说，“他们不知道您守护的不只是这座教堂。”

“是的，他们永远不会知道。”阿兹尔露出一丝狡诈的笑容，同意道。

“所以莉莉特去了剑桥，因为在这里的 Geniza 中发现的东西储存在那里。”黛芙娜努力把那些信息碎片拼凑在一起，“但它想要的东西其实不在那些被发现的文件中。因此，它自然认为那个东西仍藏在这里。它猜对了，它来这里是想让您把那个东西给它。”

“我是把东西给了它，”阿兹尔抗议道，“但不是因为我是个懦夫！而是因为，如果我拒绝它，它会毁了这个宝贵的地方。我轻易就能看出来，它多么急切，它要马上看到那个东西。我觉得它忙着读那个东西的时候，我就有机会杀了它。但我太害怕了。我失败了。”

“这不是您的错，”黛芙娜说，“它动作太快了。”

这句话产生了神奇的作用。阿兹尔脸上悲伤的神情几乎一扫而光。他猛地从椅子上站起来。“我被原谅了？”

“是的，”戴克斯毫不犹豫地说，“您被原谅了。被彻底原谅了。”

“上帝保佑你们！”这个驼背老人拉住兄妹俩每人一只手，叫道，“上帝保佑你们！我很抱歉我怀疑了。上帝保佑你们！”

“您怀疑什么了？”黛芙娜问道，希望不会让他再次激动起来。

“当然是怀疑你们是不是天使了！我一直祈祷你们带我去安息！”

第七章

带我去安息

7

兄妹俩竭尽全力掩饰着他们的震惊。

天使！

“您知道莉莉特为什么没有——杀死您吗？”戴克斯问道，希望进一步的交谈有助于掩饰他的震惊。另外，他想知道，他和阿兹尔是不是有什么共同点，让他们都从莉莉特手中得以逃生。

“我不知道！”阿兹尔现在变得热情多了，“我把护身符弄掉了。但它把我丢在黑暗中，然后消失在又冷又臭的空气中。也许那幅卷轴足够让它满意了，它也就懒得杀我了。”

“您一直都有那个护身符吗？”黛芙娜觉得阿兹尔也许能把他们想知道的都告诉他们。

阿兹尔点了点头。“很久以前，基督教堂把那个护身符给了我家，来保护我们。”

“那么，人们知道那幅卷轴跟莉莉特有关，或者跟它感兴趣的某个东西有关？”

“是的，”阿兹尔确认道，“你是不是想问我，我是否看过那幅卷轴。但我没有，因为我看不懂。那是用早已失传的一种语言写的，除了教会的高层谁也看不懂。也许是用你们的语言写的！”

“那您怎么知道写的是什么呢？”戴克斯问，琢磨着“你们的语言”是什么意思。

“我的家人早就从古老的故事中知道，卷轴上写的是莉莉特的孩子们在哪儿。”

“莉莉特的孩子们？”兄妹俩彻底失去了镇静，一起喊道。

“六百六十六个孩子。”阿兹尔眯起眼睛说，“那些孩子在监狱里一生下来，便被带走藏了起来。有人把这个消息告诉了我父亲，我父亲又告诉了——你们竟然不知道这个？你们在考验我。”

戴克斯，黛芙娜看着哥哥在心里说，这就是莉莉特想要阿列夫的原因——找到它的孩子！但乔修士让它来这里，因为那幅卷轴是另一种途径，能让它找到它的孩子。

戴克斯看着阿兹尔，问道：“有人相信它们在地底下吗？”

黛芙娜打了个寒战。我们看到它们了！她在心里说，我们看到它们刚出生的样子了！我们看到它们被带走了！黛芙娜突然感到恶心和害怕。

我不害怕，戴克斯在心里说。

但黛芙娜知道，戴克斯跟她一样害怕。

“据说是这样的。”阿兹尔回答道。当然了，他听不到兄妹俩在心中的对话。“你们不知道卷轴的事，也许是因为你们太年轻了？你们在接受培训吗？没有吗？”

戴克斯没有理会阿兹尔的问题。“莉莉特在这里时，大声读了些什么，‘Al’什么的，可能是‘Allah’。他从卷轴上读到的。您听见了吗？”

“抱歉，我没听见。”阿兹尔承认道，“当时我只想着这个。”他从口袋里掏出护身符。这个月牙状的金属片，跟戴克斯刺死莉莉特的女性部分的那个护身符一样参差不齐。这是最初那个圆片状护身符裂成三片后，两边的那两片中的一个。阿兹尔把护身符递给戴克斯。戴克斯向上面凸起的字母看去。

“你看不懂吗？”见戴克斯的眼睛眯了起来，阿兹尔问道。戴克斯当然看不懂，尽管他能看清上面的那些字母。“可它是你们中的一个啊！”阿兹尔叫道，“Semangelof[①]！”

“我们中的一个，什么意思？”黛芙娜问道。

阿兹尔看上去沮丧极了，向后退去。“但那个吗哪茶！”他抗议道。

黛芙娜想方设法让他安下心来。“阿兹尔，”她举起双手，好像表示她没带武器似的，“我们叫黛芙娜和戴克斯特·瓦克斯。我们不是——”就在这时，外面响起了警笛似的声音，把

① Semangelof为希伯来语，此为一位天使的名字。——译者注

她的话打断了。

但兄妹俩听得出来那不是警笛声，更像他们在老电影里听到过的响彻全城的警报声。

兄妹俩心中所剩的镇静全被驱散了，他们向阿兹尔望去，令他们不安的是，阿兹尔却突然平静下来了，好像那是有关当局调集一切资源缓解他的紧张情绪似的。现在，其他警报声也加了进来，显然是从行驶的警车中发出的。

“发生了什么事？”戴克斯问道。

阿兹尔只是点了点头，好像他对兄妹俩所有的怀疑都得到了解答一样。他甚至对圣坛窗玻璃掉在地上的声音也无动于衷。

“怎么回事？”黛芙娜喊道。她从长凳上拿起阿列夫，站起身来。她真傻，她一睡醒就该找到阿列夫的。戴克斯也站了起来。

“也许只能这样了。”阿兹尔说。现在他又变得满脸忧伤了，似乎他只能听任可怕的事情发生了。

“求您了，”伴随着更多玻璃被打碎的声音，黛芙娜问道，“这是怎么回事？”

“是怒火。”阿兹尔解释道，“正在以色列建造的那座高塔——被建在有争议的地区。因为这儿是众所周知的犹太教堂，人们的怒火将洒在这里。这让我感到很伤心。”

好像为了印证他的话一样，整座教堂随着外面的爆炸声晃动了一下。

石屑从天花板上掉下来，兄妹俩四处躲避着。

“什么高塔？”戴克斯看着天花板，心惊胆战地问道。

阿兹尔在桌上的那沓报纸中翻找着。“英文报纸！”他找到一份，把报纸抖开，然后递给兄妹俩。兄妹俩接过报纸，担心这次又会看到坏消息。

戴克斯看见报纸上有很多高耸的框架结构的照片。尽管这是一张英文报纸，他一样不能阅读。他走到一边，努力控制着失望的情绪。

“八月八号！”看到报纸上的日期，黛芙娜叫道，“我们又失去了一周。”

“读报纸。”

黛芙娜拿过报纸。得知他们又失去了一段时间，就像知道他们目前处在危险境地一样，让她感到不安。“《宗教团体建造的怪塔》。”她读道，“曾一度被认为将是史上最大的艺术装置作品展，原来是毫不相关的宗教团体资助的毫不相关的工程项目。目前此事正在调查之中。没有任何宗教团体透露，他们匆忙建造如此之多的摩天塔用意何在。但有资料显示，在罗马和里约热内卢建造的高塔由梵蒂冈资助，在盐湖城建造的由摩门教资助，在印度建造的由印度教资助，在麦加建造的由伊斯兰教资助，在以色列建造的由以色列政府资助。没有任何宗教团体承认，这些高塔是全世界对‘美国超级瘟疫’的日益担心，以及对吸血鬼来地球取食人类器官说法的回应。一个团体的发言人声称，各宗教团体你争我夺，试图在大灾变之前到达天堂的说法是‘荒谬的’。”

黛芙娜看着哥哥。兄妹俩都立刻明白，上述说法远远不是荒谬的。

“制图师公会，”黛芙娜说，“是他们在建那些高塔。”

“而且他们知道在哪儿建，根据地图之书中的那些光点！那些光点一定标出了入口——门！进入天堂的门！”

兄妹俩安静下来，他们的思绪开始翻腾。

“怎么啦，戴克斯？”戴克斯又露出那种弄明白了的表情。

“黛芙娜，”他说，“我觉得我们去过那里。”

“哪里？”

“天堂。我们当时从天上那条光带或缝隙中穿了过去。杜兰特告诉我，天堂能让你变完美。所以我们回来后我就能阅读了。尽管我们没在那里待多长时间。”

“你们是天使！”阿兹尔一直都在热切地听着他们说话。

黛芙娜还没来得及表示震惊，教堂外又传来一声爆炸。这一次，大块的天花板掉在了阿兹尔的桌子上。

“这儿太吓人了，”黛芙娜说，“但我们能把大家从这里都安全地弄出去。”

又是一声爆炸，到现在这是最响的一次爆炸了。整座教堂晃动起来，碰撞声和断裂声表明，教堂遭到了极大的破坏。

“不，”噪声和晃动过去后，阿兹尔平淡地说，“如果你们真是天使的话，我求你们带我去安息。”

“阿兹尔，”黛芙娜告诉他，“我们发誓——我们只是……孩子。”

“我没有保护好我看管的东西，我没有尽到我神圣的职责。”阿兹尔说，“没有任何东西值得我活下去了。”他站起来，“我祈祷我的罪过得到宽恕，我祈祷一个死亡天使带我去天堂。如果你们不能带我去死后该去的地方，门外的人将很高兴送我过去。”

阿兹尔说着，走出了办公室。

黛芙娜焦急地跟了出去。戴克斯转身从托盘上的那个碗里抓了一把种子，塞进口袋，然后也跟了出去。

教堂周围的玻璃窗全被水泥块砸碎了。扭曲变形的金属条从水泥块中探了出来。不过，教堂中央看上去比较安全，阿兹尔在那里停了下来，兄妹俩也跟着停住脚步。从教堂外传来愤怒的喊声——尽管兄妹俩听不懂他们在喊什么，但声音透出的暴力是确定无疑的。

不祥的砸门声响了起来，是某种金属砸在门上的声音。幸运的是，门没被砸开。

阿兹尔冲着门伸开双臂，做出欢迎的姿势。

“您不必去死的！”黛芙娜喊道。

“那不是您的错！”戴克斯补充道。

阿兹尔看了看兄妹俩，一双睁大的眼睛流露出所有该说的话。“我让他们杀了我，”他拖着脚步向门口走去，“也许他们就不会这么破坏这座——”

“等等！”黛芙娜喊道，“您看！”她打开阿列夫，奇异的光线顿时飞射出来，“我们能带您去安息！“

阿兹尔停下来，他的眼睛似乎要从眼眶里鼓出来了。他拖着脚走回来——向光线中看去，好像被迷住了。但不一会儿，他便移开目光。“你们是假天使，”他宣布道，“我要自己选择去来世的路。”他再次向门口走去。现在，门被砸得像敲鼓一样。

外面响起一声爆炸，楼上的窗玻璃全被震碎了。

黛芙娜不敢再拖延了。她一手拿着书，另一只手把戴克斯向光线中拉去。

“等等！”戴克斯拦住妹妹，冲阿兹尔喊道，“那个护身符！您能给我们吗？等等，黛芙娜！”

阿兹尔再次停下脚步。他把手伸进口袋里，冲兄妹俩转过身来。他的嘴巴张大了，看上去特别吃惊。但就在这时，随着一声爆炸，门一下子倒了。透过涌进来的烟雾，可以看见门外有一群人。

阿兹尔向他们伸出双手。

一枚手榴弹飞进教堂。

没等它落地，兄妹俩便不见了。

第八章

在圣光中

8

黛芙娜！我们必须回去！

兄妹俩又不知身在何处了。他们成了没有身体、只有思想的两个人。但他们看见一个门槛，然后一扇门。随即他们便像母亲怀中的婴儿一样，沐浴在琥珀色的光线中。

兄妹俩感受到深深的、无尽的安详。

但是，图像在光线外闪现着：一只蝴蝶、一片草叶、一辆推土机，一座喷射着炽热熔岩的火山，一个咖啡杯底的沉渣。

还有人。

几十亿人。

在那些忽隐忽现的面孔中，他们看见父亲。然后，他们看见阿斯忒里俄斯·拉什、埃米特和露比·沙尔拉赫。他们看见坤燕太太、狄凡先生、勃格米尔先生、通贝诺先生、西那先生、丢克廉太太和泰皮太太。他们看见菲克雷特·吉汉。他们看见理查兹警官和马登警官。他们看见一个很像黛芙娜的女孩儿和她的哥哥，被抬到摩特诺玛村艺术中心外的一辆救护车上。

蒂尔！黛芙娜不由自主地叫道。

然后，他们看见一个头发又黑又亮的年轻女人，他们知道那是弗勒德医生。她坐在一个木凳上，木凳对面是一张金色的、亮到几乎令人无法直视的大桌子。那是一间豪华的书房，桌子两边的书架上摆满了红色的皮面书。弗勒德医生的目光越过桌子，指着冲她摇动的一张红色皮面大靠背椅的椅背。一个发怒的声音从椅子那边传过来，她看上去惊恐极了。

戴克斯忽然想起，他曾经想在琥珀色格子里寻找东西的冲动，移开目光。

我们需要回去找护身——！黛芙娜还未说完，便住了口。戴克斯明白其中的原因：萝贝塔·弗勒德不见了，取而代之的是那个头戴黑色面罩的黑衣人。只见他向餐桌上的一具小孩子的尸体俯下身去。兄妹俩听见金属切割骨头的声音。

黛芙娜移开目光。

她看见了母亲。

护身符！

在那些闪现的图像中，戴克斯发现了第三个护身符——中间那片护身符。这个护身符形似一道闪电，它在一个盒子里。那个盒子放在一个至少三十英尺高的金属架子上，盒子旁边是几十个、几百个甚至几千个其他盒子。每个盒子上面都印着

“VD”[①] 两个字母。

戴克斯伸手去够那些盒子，想拉着黛芙娜穿过一层层跳荡的光线。

但黛芙娜正看着母亲——不是母亲的图像，而是真正的母亲。她的母亲，索菲亚，身穿一件飘逸的白色亚麻长裙，一条金色带子系在腰间，就站在那儿，站在琥珀色的光线中。

戴克斯正在拽她走。不！她拼命抗议道，但戴克斯再也听不见她的声音了。

维吉尔·杜兰特的那个护身符，就在他那成千上万的神秘藏品中。戴克斯一定要拿到它。

别无选择的黛芙娜，挣脱开戴克斯。

然后，哥哥不见了。

① VD 为 Virgil Durante（维吉尔·杜兰特）姓名的首字母缩写。——译者注

第九章

发光体

9

戴克斯从不知是哪儿的明亮地方穿过时，试图想着黛芙娜，但这毫无用处，妹妹还是不见了。想着她，令他无法集中精力想着他要去的地方。结果，他落到地面上后，根本不知道自己在什么地方。

一个非常吵的地方。他听见汽车的喇叭声、发动机的轰鸣声和刹车的吱吱声。

戴克斯睁开眼睛。太阳刚刚升起，他挨着墙躺在一条胡同的便道上，胳膊和腿动不了，尽管如此，他却能够看到街上的情况。

那是一幅混乱的场景，到处是车，堵得水泄不通。每辆车上都装满了行李：放在关不上盖的后备箱里，摞在后座上，绑在车顶上。开车的人和坐车的人都怒气冲冲地从车窗探出身，做出粗鲁的手势，喊叫着。还有成百上千背着包裹的人，穿行在汽车之间。马背上的警察吹着哨子，挥着胳膊，用手提式扩音器喊着。戴克斯注意到，街道对面的一群人停在那里，好像正在排队，等着进入—— 一座城堡？

是的，虽然特别奇怪，但那里有座城堡，或者说，有座引人注目的仿建的城堡。城堡入口是一个石拱，石拱下是一扇巨大的铁闸门。城墙上有壁垒和城垛，四角耸起圆锥形尖顶的塔楼。戴克斯的目光越过塔尖向上望去，他看到天际线处的太空针塔[①]。戴克斯知道自己在哪里了。

他在西雅图。

为了看得更清楚一点儿，戴克斯使劲儿伸长脖子，结果一头栽在地上。他闻到了冰凉的水泥地面。戴克斯就那样趴了好一会儿，直到胳膊有些刺痛感。这时，感觉到了他曾放在口袋里的种子，这鼓舞了他。他耐心地等着，直到有力气翻过身来。他掏出来几粒，又缓了好大一会儿，才把那几粒种子放进嘴里。他听着街上的喧嚣声，慢慢咀嚼着。

种子吃起来像面包，似乎还有点儿蜂蜜的味道。就像阿兹尔的吗哪茶那样，这些种子也有神奇的作用。戴克斯只吃了几粒便能站起来了。当然，他身体还没有完全恢复，但他觉得他最好把剩下的种子留给妹妹吃。

戴克斯走出胡同。放眼望去，街上全是鸣着喇叭、一辆挨一辆的车。文明，至少在这里，已经悬于一线了。看到这个景象，戴克斯觉得既恐怖又着迷。

① 美国华盛顿州西雅图市的地标建筑之一。——译者注

一群人突然沿着人行道走过来。他们从他身边蜂拥而过时，戴克斯试图引起他们的注意，问问他们到底发生了什么事，但他们都忙着赶路，连看也没看他一眼。

“他们不会看见你的，我的朋友。从来不会，永远也不会。”

那群人绕开他走了。戴克斯发现在他对面是一个头发凌乱、眼神疯狂的老妇人。老妇人靠在一辆摇摇晃晃的购物车上，车里塞满了他认不出的东西。看来，这是一个流浪的人。

“您说什么？”戴克斯害怕她头脑不大正常。他想找个空，好钻进人群中。

“只因为你有眼睛，不意味着你能看见。”老妇人解释道。

“我明白。”戴克斯说，尽管他并不明白。“我是说——我——”

“他们是傻瓜，对吧？逃避命运的傻瓜。”老妇人冲人群挥了挥非常脏的一只手，“你们无法逃避命运！否则那就不叫命运了，是吧？词典上是这么说的！”

“他们这是去哪儿？”戴克斯觉得这老妇人也许根本没疯。

“我猜去加拿大。昨天晚上俄勒冈州有人越过了州边界，因为注射过假疫苗的两个孩子死了。很多人赶在军队封锁边界以前，匆忙逃了出来。”她冲着人群喊道，“要我说，你们还不如在家看词典呢！”

“那儿的那个建筑是什么？”戴克斯琢磨着老妇人的话，指了指街对面的那座城堡。

“他们把它叫作博物馆？”老妇人的表情沉了下去，“呸！叫恐怖屋还差不多。至少那些人没有走。那些人——他们接受发生的一切。对有些人来说，世界末日来得还不够快。你明白我的意思吗？”

“杜兰特的博物馆！”戴克斯激动地发现，他并没有偏离目标多远。那些盒子一定放在博物馆里。护身符近在咫尺！“您能告诉我今天几号吗？”他问道。

老妇人已经推着车走了，但她停下来，咧开掉光牙齿的嘴，冲戴克斯大笑道：“世界末日！我还以为你知道呢。”然后转身融入流动的人群中。

戴克斯还没来得及考虑下一步怎么办，有人尖叫道：“太空针塔！他们打破了观光台上的窗户！”戴克斯看见那个尖叫的人，那是一个拿着手机、四肢修长的年轻男人。“人们想爬上塔顶！”

戴克斯周围的人都停下脚步，向上望去。初升的太阳照亮了整个天空。街上的其他人显然也收到了这个消息，因为突然之间，一切停了下来。人们爬上车顶去看能看到什么。那些等着进入博物馆的人，大部分也离开人行道，向太空针塔望去，但他们又突然跑回到队伍中。

“门升起来了！”有人喊道。

排队的人开始进入博物馆，但速度非常慢。戴克斯看了看四周，不知道该怎么办。他看见他所在的街边有家小型网吧，于是决定先去那儿收集些信息，以避免鲁莽行事。Rash[①]，戴克斯一边走一边想。他想起他怎样设法进入了阿斯忒里俄斯·拉什的书店，想起自己曾经多么冲动、自私，对这个世界多么无知、充满敌意。想起过去的自己，戴克斯感觉好像想起了他以前认识的某个人，某个生活在他过去世界里的人。

戴克斯没带一分钱，但没关系，因为网吧里的人全都蜂拥而出向太空针塔望去时，里面便没人看管了。戴克斯从呆看的人群中钻进去，找到一台已经登录的电脑，然后在电脑旁坐下。看到能够阅读屏幕上的东西，他松了口气。屏幕上是一列新闻的链接。

今天是八月九号。又过去了一天。

戴克斯浏览了一下，大多数新闻是关于博物馆外的情况，老妇人说得没错。波特兰的两名中学生接种临时疫苗后，病情不但没有好转，反而死了。这个消息引发了大批人越过俄勒冈州的州界，通过华盛顿州向加拿大逃亡。

戴克斯又看了看那两个中学生的名字：蒂尔和贾斯珀·泰勒。他刚在阿列夫中看到，他们被抬进艺术中心外的一辆救护车里，也许正要送往俄州健康科学大学医院。

戴克斯为这个跟黛芙娜有过不少矛盾的女孩儿难过了一会

① Rash 有“鲁莽的”意思，同时也是小说人物“拉什”的英文名字。——译者注

儿。他希望她和她哥哥没有遭受太多的痛苦。他们长得那么像他和黛芙娜，他忽然觉得他和黛芙娜就像候补的“他们”，很有可能就处在了他们的位置上。

另一篇文章描述了开罗著名的班耶兹拉犹太教堂遭受袭击的情况。教堂已被暴徒用手榴弹炸成了一片废墟。对于暴徒的实际人数，有不同的说法，有人说是几百人，有人说只有十几人。袭击中一人受伤，伤者为教堂的守护人，而且伤势严重。当地基督教领袖要求进入教堂，但被犹太教徒——教堂的拥有者断然拒绝，因此引发了更多的争执。犹太教徒指责基督教领袖精心安排或实际参与了此次袭击，但他们没有给出怀疑的理由。

戴克斯想起了阿兹尔，他停顿一会儿。阿兹尔没有得到他想要的死亡，但他也许不会等太久了。

戴克斯打开另一个链接。

这篇文章指出，最近在世界各地建造的高塔都加强了安保工作，使各宗教组织之间的关系更加紧张了，尽管没人知道这些高塔到底是做什么用的。好像这不重要似的。

出国旅行已被禁止，但许多人仍设法逃往国外。除非很快找到治愈这个超级瘟疫的办法，否则极有可能爆发全球性的传染病。人们对此感到惶恐不安。

对戴克斯来说，打字并不容易。但他还是打开一个搜索引擎，用食指费力地敲出“杜兰特”三个字。第一个链接是关于这个已被推定死亡的亿万富翁神奇回归的故事。就像所有被“吸血”怪物弄消失的人一样，有人在俄勒冈州的一家猎人旅舍发现了他的衣服，但他却是第一个“死而复生”的人。戴克斯对杜兰特的自我推销才能感到惊讶，怪不得杜兰特把衣服留在旅舍，从雷达上消失呢。

第二个链接描述了杜兰特的终生使命——向世界证明超自然的东西都是真实的。这让戴克斯了解到妹妹已经知道的一些事情：在一次罕见的分娩事故中，杜兰特失去了妻子和儿子。接着，他花费了几百万的诉讼费，试图把事故归罪于某个人。在所有诉讼都失败后，他便开始收集东西、开办博物馆。但文章中没有提到护身符，不过这毫不奇怪。

戴克斯搜了搜“杜兰特”加“护身符”，但没搜到什么。他又搜了搜“杜兰特”加“莉莉特”，也没有什么结果。

他搜了搜“瓦克斯双胞胎”。最新消息说，他们可能死了。一个记者得知，在那个旅舍发现的另一身衣服“可能是戴克斯特的”。

弗勒德医生一定没有告诉其他人她去过我家，戴克斯意识到，她可能永远不会承认失败的。

戴克斯搜了搜“弗勒德医生”。

一长列的链接出现在屏幕上。第一个链接是她的简介，描写了年轻的萝贝塔·弗勒德在哈佛大学宗教和医学专业的学习中如何崭露头角，然后在大学四年级时，她又如何声称她的发现将永远改变世界。人们因此为她安排好了一次讲座，但她却在最后一秒钟因怯场而逃离会场——至少人们是这样认为的。更糟糕的是，此后她拒绝发表那个声称有望获得诺贝尔奖的新发现。她曾谢绝在讲座之前与导师分享这个发现，导师们当然后悔信任了她。备受嘲笑的萝贝塔·弗勒德退了学。但从公众视线中消失一年后，她又重新考入哈佛大学，不过这一次她只进了医学院。

毕业后没有几年，萝贝塔·弗勒德便东山再起，成为干细胞研究和病毒学领域一名最重要的世界级专家。她以超人的才华和坚韧不拔的毅力而知名。据说她经常昼夜不停地工作，她的体质因而成为一个传奇。她的座右铭是“除非死了，否则我不会停止工作”。弗勒德医生拒绝谈论那个所谓的“失踪的讲座”。

戴克斯搜索“弗勒德”加“失踪的讲座”，然后在搜索结果中，打开一个名为“弗勒德失踪的讲座之猜想”的链接，文章对两个主要猜想总结如下：

一、她分离出一个负责宗教信仰的基因，即所谓的“信仰基因”，并准备宣布如何在子宫内改变该基因。世界上几大宗教领袖联合起来，迫使她保持缄默。

二、她有证据表明，祈祷对细胞活动有影响，因而确实具有治愈的功效。强大的医学和保险行业对她进行恐吓，迫使她保持缄默。

戴克斯坐在那里考虑着这一切。他还没来得及决定下一步该怎么办，便听到有人开始猛敲那扇距他的脸只有几英寸的玻璃窗。他抬头一看，只见一个男人一边瞪大眼睛看着他，一边挥手喊叫着附近的人。很快，那儿便聚集了一大群目瞪口呆的观众。

戴克斯从桌旁站起来，向后退去。没等他做出其他反应，一帮人便从前门冲了进来。

“它是什么东西？”其中一个人喊道。

“不知道！抓住它！”

现在，至少冲进来了十几个人。他们盯着戴克斯，好像他头发着了火一样。他们全都冲他扑过来。

戴克斯慢慢向后退去。他一转身，发现自己正站在男卫生间门口。在那群人就要抓住他的一刹那，他冲进去，砰的一声把门关上并锁住了。

只用了一点力气，戴克斯便累得弯下腰，喘息着。那帮人开始砸门、踢门。戴克斯喘过气后，直起腰，向镜子看去。

他明白了。

他在发光。

他的皮肤几近透明，流动着某种能量。那能量从他头上升起来，就像热天里人行道上散发的热量。

他头上似乎有个光轮。

“你是什么东西！”有人质问道。

“我们杀了它！”

黛芙娜，戴克斯在心中大声说道，这是你来救我的最好时机了。砸门声越来越大，戴克斯等着，但妹妹没有任何回应。

“也许是它引起的传染病！”

“对！”戴克斯喊道，“如果你们碰我，你们都会死掉的！”

门那边传来明显后退的声音。

“这种传染病不是它引起的！”有人喊道，“我见过得这种病的人！那里的那个东西不是人类！”

“杜兰特一定知道它是什么！”

“对啊！我们把它带到杜兰特那儿！”

黛芙娜！戴克斯再次在心中喊道，但还是没有任何回应。

戴克斯别无选择。

他深吸一口气，打开了门。

第十章

真正的文章

10

就像从杆子上拔下稻草人一样，那帮人把他提了起来。戴克斯没有反抗。六七个男人把他举过头顶，抬出网吧，然后径直步入街上你推我搡的人群中。

“闪开！”其中一个人冲着挡道的那些人喊道，“闪开！”

人们对此好像毫无反应，但那帮人设法穿过人行道，走到街上，然后开始在堵在那里的车辆间穿行。戴克斯在他们的手上颠簸着，他望着天上蓬松的白云和建筑物的斜顶，心想，那上面有个更美好的世界，黛芙娜也许不回来了。也许我不该责怪她。

关于太空针塔的骚动平息下来了。人们似乎又恢复了原样。

那帮人把戴克斯抬到了对面的人行道。从博物馆排到街上的队伍似乎没有多大变化，但他们并没有气馁，而是直接用力向门口挤去，结果引起一片愤怒的抗议声和喊叫声。但只要一看到戴克斯，人们便立刻把路让开了。许多人在胸前画着十字。

他们很快进到博物馆里面，但博物馆的门厅——一个大型的开放式展厅，比街上还要拥挤。

“杜兰特在哪儿？”领头劫持了戴克斯的那个人喊道，“我们这儿有个活怪物！”

这句话引起了人们的注意，越来越多的人看见了戴克斯特。终于，有人喊道：“我在吸血鬼展厅看见杜兰特了！在那边！”

于是那帮人抬着戴克斯，从分开的人群中穿过去，走进一个小一些的展厅。展厅内灯光昏暗，那些陈列品——棺材、十字架、拔掉的毒牙、血迹斑斑的木桩——让这个地方有点儿像迷宫一样。但这里并不拥挤，事实上，只有几个人在里面转悠。那帮人把戴克斯放下来，推搡着他从那些展品间穿了过去。戴克斯看见一个展柜里放着几十个品种的蒜瓣，旁边的那个展柜里面放满了模样怪异的根茎和植物。还有一个展柜里面放着很多精致的、装有清澈液体的小瓶，戴克斯猜测那里面是圣水。

戴克斯被推着经过一个大展柜时，他看到展柜里放着一个邪恶的、吸血鬼模样的蜡像，蜡像后面是一幅令人恐怖的图像，好几百人被钉在了尖桩上。展柜上有个标牌，戴克斯试着看了看，但他只看清“弗拉德”三个字后，其他字便变得模糊起来。他不知道这是不是被人推搡的缘故，但当他试图停下来核实一下时，却被更加用力地向前搡去。

怒火冲击着戴克斯的每一根神经，他想挣脱那帮人，回去再看看，或者至少看看路过的其他标牌。但现在他们已经到了出口，却连杜兰特的影子也没看到。

“在那边！”有人告诉他们说。现在他们不得不穿过几个小一些的展厅。第一个展厅是巫术展厅。玻璃展柜里有扫帚、尖顶帽、手杖、卷轴和像是用松针做的娃娃。戴克斯想看一看标牌，他用脚跟抵住地面，结果被人用胳膊肘猛推了一下后背。戴克斯的愤怒沸腾了。但这样去看标牌是愚蠢的，如果他真的又不能阅读了，很快便会知道的。戴克斯深吸几口气，不再抗拒。

他们经过的另一个展厅，里面据说全是被变成石头的怪异生物，包括食人魔、巨人、小矮人、小妖精，甚至还有一个美杜莎的雕像。所有的东西全摆出一副凶恶的姿势，而且脚踝上都有一条链子连在各自展柜下铁块上面的金属环上。

那帮人一边推搡着戴克斯穿过人群，一边喊着杜兰特。冲他们喊叫的人，一看到戴克斯，便马上闪开了。

现在，这个展厅里全是亡灵生物：木棺、石棺以及地窑里的僵尸和木乃伊。

最后，他们走进一个大厅，大厅里有一个通往地下室的石质楼梯。他们在这里又看到排成一条长队的人。戴克斯知道那些人在等着看什么，这点他非常肯定。

“闪开！闪开！”

第十章 ❧ 真正的文章

那帮人推搡着戴克斯沿着旋转楼梯向下走去。自然是去地牢，戴克斯心想。

“天哪。”他们从楼梯上的人群中穿过时，有人说道。

“杜兰特在哪儿？”

“我的天！”

“他在下面那儿！在怪物的那些地图那儿！”

他们下了楼梯，进入一个宽敞的展厅。这里与其说像地牢，不如说更像这座城堡的内脏。展厅的天花板上全是纵横交错的管道，有的很粗，有的却像手指那样细。在这个地方展示地图之书似乎很怪异，但显然是故意这样安排的。红丝绒绳子来来回回围成一条过道，人们一边慢慢移动，一边看着远处那面墙上的大屏幕。屏幕上正反复播放着莉莉特在旅舍时的慢镜头。

展厅四边有一些空隙，那帮人带着戴克斯从那里走了过去。戴克斯边走边看着大屏幕上的画面：

莉莉特在翻看地图之书，杜兰特手下射出的钉子打在它身上。一个玻璃箱落下来罩住了它，接着烟雾被泵入玻璃箱内。然后，烟雾消散。玻璃箱碎了，而莉莉特却站在那里，毫发无损。然后，莉莉特扑向杜兰特，抓住他的脖子把他提了起来。到这里录像便结束了，没有显示杜兰特的假脖子像喷泉一样喷出假血，也没有莉莉特突然像扔垃圾一样把他扔到一旁的画面，当然也没有莉莉特扑向戴克斯的镜头。

“我的天啊！”有人叫道。

戴克斯被带到展厅的前面。维吉尔·杜兰特就在那里，跟以前一样健硕。他头戴耳机，身穿高档西装和牛仔靴，像个方下巴的巨人，站在一排电脑旁。麦克风杆弯在他的下巴下面。他刚才一定是跳起来的，因为他的椅子倒在了地上。这个亿万富翁盯着戴克斯，却说不出话来。

戴克斯知道这个相信吸血鬼和巫婆的人为什么不相信自己的眼睛。假如有一件东西是杜兰特不相信的，那个东西就是天使。

趁杜兰特还没回过神来，戴克斯看了看周围的情况。那排电脑后面是一个巨大的玻璃展柜，展柜前面放着一个普通的小桌子，桌子上放着地图之书。那本书放在那里的样子，跟随便放在客厅里的一本书没什么区别。书中打开的那一页是张地形图，无疑是为了获得最大的视觉效果。群山就像在水中轻轻浮沉一样，在书页中升起、沉下。排在最前面的一对夫妻俯身看了看，惊得目瞪口呆。突然，他们呜咽着向展厅尽头的另一个旋转楼梯跑了过去。戴克斯怀疑他们是否改变了对世界末日的向往。

“那是什么，杜兰特先生？”戴克斯的一个新朋友，两手仍抓着他的肩膀，问道。附近等候的那些人也向杜兰特望去。

杜兰特突然回过神来。他把麦克推到嘴边，他的声音随即从戴克斯看不见的扬声器中传了出来。“女士们，先生们！”他喊道，“我们今天多了一个新品种！”

大屏幕上出现了戴克斯的图像，所有的目光都投向了那里。

“那是什么？”有人喊道。

“各位，我们这里拥有的，”杜兰特宣布道，“是一个真东西。”

“到底是什么？”几个声音喊道。

“朋友们，这——这——是来自天国的一个东西。”

“一个什么？”

整个地下展厅充满了不解的低语声和喊叫声。

“我们那儿有个夜之生物，”杜兰特按了一下面板上的按钮，指着屏幕宣布道。屏幕一分为二，莉莉特和戴克斯并排出现在屏幕上。“我们这儿有个光之生物。我向你们展示的是——一个天使！”

展厅里安静下来，只剩下充满敬畏的惊叹声。

“这意味着什么，难道还不明显吗？”杜兰特问道。

“意味着什么？”有人叫道，“告诉我们！”

“我们已经看到，现在恶势力正自由行走在我们中间！”杜兰特宣布道，“现在，天使正从天堂掉下来。诸位朋友，宇宙的权力正在转移！”

所有的人都知道，杜兰特的话还没有讲完。他们焦急地等待着。

“明智地选择你们的立场！”杜兰特叫道。

第十一章

像伊甸园

11

哥哥一离开光线，黛芙娜便把他全忘了。

她母亲在那里。

她母亲从光线中走出来，或者说分离出来。在琥珀色光线下，她的眼睛像黄绿色的宝石一样熠熠生辉。

黛芙娜没有眼睛，但她哭着；没有腿，但她跑着；没有胳膊，但她紧紧地搂住了母亲。

她的母亲，索菲亚，用两只长满羽毛的巨大翅膀把她拥在怀中。

黛芙娜在母亲的怀中哭泣着。她因欣喜而哭泣，同时也为失去的一切而哭泣，她心中再也没有抗击灾难和失望的力量了。现在，她与那个世界没有关系了，她再也不需要那些照片了。她的记忆就在这里。

这是她的家。

但母亲还有话对她说。

母亲用手捧着她的脸，跟她说着话。黛芙娜能听见，却不明白是什么意思。

母亲的话像音色柔和的风铃，在遥远、和煦的微风中轻轻摇动着。

母亲的话像首歌，但却是一支绝望的歌。

现在，母亲拉住黛芙娜的手。她深情地说着，说得很快，但黛芙娜就是听不懂。那是一种她无法理解的奇怪、悦耳的语言。

妈妈！黛芙娜叫道，妈妈！我爱你！我爱你！我很抱歉很多事我没做好！

索菲亚继续说着，但当她发现黛芙娜听不懂时，脸色凝重起来。最后，她把手放在黛芙娜的肩膀上，温柔地试着让她转身，向下面的世界看去。

不！黛芙娜不想回去。她深深地看了一眼母亲那双焦急的眼睛，然后跑开了。

黛芙娜一边跑，一边试图忽视光线外不断涌现的图像。

她看见莉莉特迎风站在一座火山口。从火山锥和裂隙中喷出的蒸汽和烟尘被风吹拂着，缭绕在他的周围。炽热的橙色岩浆沿着周围的沟槽流动着，闪烁出飘忽的光亮。黛芙娜从来没见过熔岩，不由得停顿了一下。

莉莉特把一个东西扔进火山口，好像是一根弧形的木棍。黛芙娜闭上眼睛，她再也不想看了。她只想跑。

于是她跑了起来。

被光线环绕下，不可能判断出距离，但这没有关系。黛芙娜感觉不到丝毫疲倦，她确信，她永远也不会感到疲倦的。她准备就这样永远跑下去。

黛芙娜跑着的时候，那个图案——那些长方形组成的格子，在她周围分解开来。

黛芙娜停下来，看着闪亮的线条从琥珀色光线中分离出来。当她终于看清它们是什么东西时，不禁心花怒放。

书。

它们是书！

它们是光线做成的书，也是形成光线的书。书无处不在，上下左右全是书。这些书像子宫一样怀抱着她。她处在书的子宫里！

像伊甸园一样，天堂是一座图书馆——一座无边无际的图书馆。

天堂怎么可能是别的地方呢？

黛芙娜沿着一条走廊走去，她伸长脖子，试图把一切收在眼底。她被深深地震撼了。她发现自己走快了，并开始随意转弯，直到再次全力奔跑起来。她张开双臂，旋转着、奔跑着。看着书溪流般在她身边闪过，黛芙娜大笑起来。

她又停了下来。

这里不只是她一个人。

还有身穿白袍、长着翅膀的身影在书架之间走动。

天使!

黛芙娜看着他们在无边的书的迷宫里面穿行。

天使们没有注意她。

他们把一双双明亮的、黄绿色的眼睛投向书架，一边走，一边上上下下查看着。

他们在找什么东西吗?

而且他们看上去很忧伤。难以名状的、深不可测的忧伤。

感到不安的黛芙娜，又开始向前走去。她穿过那些走廊时，不时地碰到一些天使。那些天使四处穿行，似乎在天堂图书馆无尽的走廊中搜寻着。

黛芙娜慢慢意识到，她正在去某个地方。有个东西吸引着她。她没有抗拒这种感觉，而是跟着感觉穿过迷宫。她想也不想，转过一个又一个弯，速度之快，连她那非凡的方向感也不需要了。

黛芙娜从一个看上去比其他地方昏暗的地方经过时，停了下来，向其中的几条走廊看去。她意识到，这里的书架不仅更暗，也更冷了。没有天使在这里穿行。黛芙娜现在看到，这里的书全都正面朝外放在书架上。之所以这样，是因为所有书的封面上都有一把凸出来的钥匙。黛芙娜打了一个寒战，于是匆匆走开了。她一离开那个地方，便把它全忘了。她再次被那个东西吸引过去了，现在她知道那个东西一定是一本书——她的书。

黛芙娜再次跑了起来，再次以令人目眩的速度转过一个又一个的弯。

但接着，她再次停了下来。

黛芙娜发现自己站在一个书架前。那是难以计数的书架中的一个书架。

所有的书看上去一模一样，但与眼睛平齐位置的一本书，似乎有些异样。

黛芙娜伸出一只颤抖的手，令她吃惊的是，那本书竟然从书架上滑落下来。她用颤抖的手，把书打开。

她所看到的，是一片空白。

黛芙娜翻看着，书内全是空白页。她的书是空白的。这意味着什么？

黛芙娜困惑不解。她把书放回书架，取下另一本。她打开书，猜想里面的书页也是空白的，但事实并非如此。就像打字时显示在电脑屏幕上的字符那样，一连串的字母从书页上流过：

AAAGGGTTTAAGGTTAAAAGGGTTTTAAAAAGGGTTTAAGGTTAAAAGGGTTTTAA

GGCCCTTTTTTTTAAGGCTTAAAAAGGGGCGGCCCTTTTTTTTTAAGGCTTAAAAAGGGGC

一个声音吸引了黛芙娜，那是一个竖琴和风铃般美丽的声音。歌声！但歌声中充满了渴望和忧伤，令人心碎的忧伤。

黛芙娜透过刚取下的那本书在书架上留下的空隙向外望

去——她的生活轨迹难道不是因为似乎很久以前她这样偷看而改变了吗?

对面那个六边形的小书架上的书更明亮了。一个孤独的天使盘腿坐在书架旁，沐浴在琥珀色的光线中。

天使坐在那里唱着，黛芙娜痴痴地看着，直到她意识到，天使也在看着什么。天使正看着眼前书架上的一个东西。或者说，不在书架上的一个东西。在那里，在一排书中间，也有一处暗淡的空隙，尽管那个天使好像并没有取下哪本书。

黛芙娜非常肯定，天使们正在寻找的书，本来是放在那个地方的。

突然，一只宝石般黄绿色的眼睛出现在黛芙娜的眼前。感到既羞愧又害怕的黛芙娜，猛地向后一躲。那只眼睛不见了，但那只眼睛的拥有者却绕过书架，向她藏身的地方走了过来。

黛芙娜确信自己犯了某种不可饶恕的罪过。她想逃，但没等她这样做，一个身影出现在拐角处。那是一个翅膀收在背后，脸上皮肤意外地光滑，而且跟她在人世间时一样，满脸温情的天使。

那是她的第二个母亲——伊芙琳。

那是世界上的第一个女人，亲切善良的伊芙琳。

伊芙琳从她慌乱的手中轻轻拿过那本书，那本依然打开的、流动着字母的书，把书放回到书架原来的地方。

然后，她用温暖的翅膀把黛芙娜拥在怀中。

黛芙娜又哭了。

第十二章

重点

12

杜兰特的话顿时引起一片恐慌。人们你推我搡地开始逃离展厅，把红丝绒绳子踩踏在脚下。听声音，几个人差点儿遭遇到与绳子一样的命运。把戴克斯带过来的那帮人也逃之夭夭了。

十分钟后，展厅里只剩下维吉尔·杜兰特和戴克斯·瓦克斯两个人。

“这不是消防部门提倡的办法，但我敢说，这办法相当有效。”杜兰特把麦克向上动了动，然后说，“清场后，放下闸门，封锁展厅。”

“杜兰特先生，你——”

“我一直在找你，”杜兰特打断他的话，“私人侦探被派到世界上每一个国家，可我什么也没找到！现在我明白为什么了。我一直不相信有天使，但现在我亲眼看到了。你妹妹在哪儿？”

杜兰特充满了生机。从莉莉特第一次出现在旅舍时开始，他那忧伤的神情便减弱了，现在则完全看不出来了。

“她不在这里。”戴克斯再次看着屏幕上的自己。他不得不承认他的模样令人吃惊，那样投射在屏幕上就更是如此了。他好像另一个世界的人，看上去像——一个没有翅膀、逐渐暗淡下去的天使。但他没有时间多想。他看着杜兰特，说道：“你有一个特别重要的东西。”

他话音刚落，高大壮实的杜兰特便抓住他的腰，猛地把他提起来。然后倒扛在肩上，向那排电脑后面的那个玻璃展柜走去。

戴克斯即使在正常情况下，也没有希望挣脱，所以他试也没试。“你有一个能杀死——吸血伯爵的东西！”他冲着杜兰特厚实的后背喊道，“跟木桩一样。那是个护身符！”

展柜门自动打开了。像巫术展厅的玩偶那样，戴克斯被放进了展柜。然后，杜兰特拿起金属脚镣，锁在戴克斯的脚踝上。

“情况怎么样？”锁好后，杜兰特冲着麦克风说。他一离开展柜，展柜门便自动关上了。戴克斯用力推了推展柜玻璃，尽管他知道他根本逃不出去。

“还有两个护身符！”为了确保能让杜兰特听见，戴克斯喊道，“其中一个在博物馆里！在一个盒子里！在你的储藏区！”

杜兰特在工作台旁坐下来，低声说了些什么，然后飞快地打起字来。一个嗡嗡的声音把戴克斯特的目光吸引到他的脚下。他发现自己站在布满小孔的金属地板上，空气正从那些小孔中泵入展柜。至少，他不会窒息了。

杜兰特按下面板上的一个按键，然后开始说话。扬声器里传来他的声音，但戴克斯听着像是从金属地板下传出来似的。“Semangelof还是Sansenoy[①]？”

“什么？”

“你说的我的那个护身符，上面是哪个天使的名字？”

戴克斯惊讶得说不出话来。杜兰特于是继续说道：“看这儿。”他敲了一个键。戴克斯举着双手，被莉莉特抓着脖子的图像出现在屏幕上。接着，那只包扎着破纱布的手被放大了。

“怎么啦？”戴克斯问。

“我们看看热感应效果。”杜兰特又敲了一个键，图像现出明亮的紫色、红色和黄色。戴克斯手上的伤痕清晰可见，烫伤的地方形成一个希伯来语的名字Senoy。

“很容易推测出来。”杜兰特说，“似乎愈合得不错，这无疑是你最近旅行的结果。”

“但是，”戴克斯低头看了看那只手，“如果你知道它是莉莉特，那你为什么告诉人们，它是吸血伯爵呢？”

杜兰特耸了耸厚实的肩膀。“同一个东西不同的名字罢了。”他回答道，“总之，‘吸血伯爵’不需要解释那么多。顺

① Sansenoy为希伯来语，一个天使的名字。——译者注

便说一声，”他补充道，“微笑——我们正在向全世界直播。”

戴克斯向屏幕望去，看见自己像关在笼子里的动物一样，他心头一紧。屏幕下方有一条滚动字幕：来西雅图杜兰特博物馆，看被囚禁的真正的天使。戴克斯立刻注意到，他的皮肤不如几分钟之前那么透明了。“我这个样子不会持续多久。”他警告道。

“我希望能持续足够久。”

“但你不可能盼着莉莉特来这儿的！上次你诱捕它时发生了什么事，你看到了！它差点儿杀死你！”

“事实上，”杜兰特说，“我曾想诱它到这里来，但那是在——”

“你疯啦？”戴克斯怒火中烧，“它咬了人，引起了瘟疫！”戴克斯真想把玻璃砸了，但他知道那只能是弄伤自己的手。

“这个我也想过，”杜兰特说，“但它咬你了吗？它咬我了吗？”没等戴克斯回答，他自己答道，“没有，没咬。”

戴克斯想了想，的确是这样，而且它连碰也没碰阿兹尔。

“感染区以外出现的病例全是染病的旅行者引起的。你知道这意味着什么吗？”

“它没咬其他人。”

“完全正确。自从你养母——那是你养母，对吧——被咬了以后，它就再没咬过其他人。”

“但旅舍外面的那些尖叫声是怎么回事？”

“它没碰任何人。那只是黑暗和恐惧引发的人们歇斯底里的尖叫。在这之前，那些被它咬过的人只是彻底消失了，那些针对书店和图书馆的袭击——”

“那些袭击也停止了。”戴克斯猜道，尽管他确信那是因为莉莉特找到了地图之书的缘故。

“的确如此。自从你杀死它的一部分后，那个怪物就不想再咬任何人了。我从来没见文献上说过，只有女性部分有毒，但好像莉莉特是这种情况。有趣，不是吗？”

“但它还在杀人！它拧断了乔修士的脖子！它还杀了你的那个吹笛人！”

“噢，但他们不是我，对吧？也不是你。”

“你为什么这样做？”戴克斯紧握拳头，质问道，“你知道莉莉特是真的！你为什么在乎别人怎么想？”

“冷静，”杜兰特警告道，“你头上的光轮在消失。这样跟你说吧，我一直是一个捍卫真理的人。”

戴克斯感觉到，这一刻很重要，他于是控制住自己的怒火。他记得黛芙娜曾经成功自救，使用的方法就是让那个也是个大块头的疯子看清他过去的生活。但这个他不擅长。黛芙娜！他在心里愤怒地喊道，黛芙娜！但黛芙娜还是没有任何回应。她怎么能够这样对待他！

“很好。”杜兰特对着麦克风说。

“是你妻子和儿子，对吧？”戴克斯脱口道。他没有经验，完全是乱打乱撞。

“什么？”

“我不知道。一切，你做的这一切都是因为他们吗？”

“当然！”

“等等——真的是因为他们吗？”

“想让我接受我的厄运吗？”杜兰特大笑道，“听着，我曾经相信，除了感官感受到的东西，别的什么也不存在。相信那些不存在的东西可以说愚蠢透顶。但因为一个完全偶然的事故，我失去了妻子和儿子，世界上最完美的两个人死了，没有任何原因就死了。”

戴克斯对此不知道该说什么，于是什么也没说。

“我拒绝接受。”杜兰特说。

“拒绝接受他们死了？”

“拒绝接受他们毫无原因地死了。我拒绝生活在一个没有原因的世界上。我把一切都看错了。”

“我不明白。”

“每一个人，只要跟这起事故有一丝联系，我都对他们进行了背景调查，我想证明有人有犯罪动机或邪恶用心。我还调查了他们的家人！但我没有发现什么东西，于是，这么说吧，我便开始扩大寻找范围。”

“寻找什么？”

“寻找邪恶！寻找邪恶的证据！”

“但——为什么呢？”

杜兰特站起来，他走近戴克斯，灰色的眼睛像拉钢丝一样冷酷。“你的生活被毁了，哪怕一个坏原因，一个你拒绝和反对的原因，一个让你灵魂枯萎、精神死亡的原因——那个原因也比毫无原因好得多。”

戴克斯明白了。“但是，”他轻声说，“你知道，什么原因也不能让他们复活了。”

杜兰特对此只是耸了耸肩。

“帮我杀了它。”戴克斯恳求道。他又想起了莉莉特在旅舍把杜兰特扔到地上之前，鲜血从杜兰特的假脖子喷涌而出的可怕情景。

“抱歉，我不会帮你的。”杜兰特说，“事情变得太有趣了。我本来想把你和你妹妹弄到这儿做诱饵，引诱那个怪物过来的，但现在我不想让它过来了，至少暂时不想让它过来了。能听见吗？”他对着麦克风急躁地说。

“为什么我们在这儿莉莉特就会来呢？”

“因为你们有它想要的东西。它从地图之书上撕下的那页——当然，我们看到的是扫描件——我们把那页破解了。我们到了你们家，但好像晚了几分钟，那里一片狼藉。我们碰见了弗勒德医生。”杜兰特说，“那个女人，没什么了不起的。她的思想偶尔也该开放一下。”

“什么意思？”

“她确信那本书没有携带瘟疫病菌后，就不理会它了。这个女人想也没想到，那本书有可能具有不可思议的作用。我估计她也会来这儿的——跟你妹妹一样。”

“黛芙娜？”

“当然了！”杜兰特叫道，“我跟莉莉特玩完了。我跟捍卫真理玩完了！一看到你刚才那张发光的脸，我就跟它们全玩完了。”

接着，杜兰特带着一位超级富豪无与伦比的自信，说道：“看来你妹妹有一张送我去天堂的门票。我要去那里看一看——如果我不能把我的家人带回来，我就下地狱。”

第十三章

特殊人物

13

黛芙娜！不要过来！你听到了吗！不要过来！

“那儿什么样？”杜兰特已经重新坐下，正在其中一台电脑旁工作。

“什么！”

“天堂，我在那儿会看到什么？天国之门之类的东西？竖琴？没有翅膀的天使？但也许翅膀是挣来的？”

戴克斯不确定愿不愿意告诉杜兰特关于天堂的信息，于是没有答话。

“也许，翅膀是个隐喻。”杜兰特沉思道，“那人人都说的白光呢？真有白光还是那只是人死时神经元的自发放电？好的。”他对着麦克风说。

展柜里的戴克斯转过脸去。

“我能看出你在那儿没待多久。”

戴克斯转回脸来。“你怎么知道？”

“你的透明度越来越低了。你的光轮消失了。还有过度补偿的愤怒——就像毒品药效消失后的瘾君子一样。让人惊奇的是，文献上说的那么多东西都是真的。都是真的，真让人惊奇！我跟你说过我是个思想开放的人，但好像开放得还不够。”

戴克斯停顿了一下。“天使为什么这么虚弱？”他问。

“文献上可没这么说过。我猜这只是暂时现象，也可能是因为你的身体状态正在转变——从天使转变为人。你的这个情况比较独特。”

“我能问个问题吗？”

“问吧。”杜兰特不断地敲着鼠标。这个人可能神经不正常，但还算礼貌。

“天使在乎人间的事吗？”

杜兰特停下手中的工作，他看着戴克斯说：“这个问题有意思，我不是特别清楚，不过我想答案是肯定的也是否定的。我觉得他们关心，但关心的方式跟人类不同。天使会看得更长远，而从长远来看，人类的每一个问题就不会显得那么重要，即便那个小问题是几百万人正死于某种可怕的疾病。这以前发生过，发生过许多次，以后还会发生。当然天使不怕死。任何不怕死的人好像都不会在乎那么多。”

戴克斯仔细想了想。“那我猜他们不会担心某个人快死了，即使那是他们爱的——”

杜兰特跳起身，把椅子都碰倒了。“她现在在那里！”他意识到，他咬紧牙关，“对吧？”

“没有！她不在那里！我，我只是——”

“你说什么？”杜兰特问道，但他不是问戴克斯，而是又在对着麦克风讲话。“很好，好极了。按指令行动。封锁我所在的展厅。”然后，他看着戴克斯说，“我们的客人来了。不过，只来了一部分。”

传来一阵嗡嗡声，整个展厅颤动起来。戴克斯环顾四周看发生了什么事。不一会儿，扇形的钢墙从展厅周边地板上升起来，类似的钢墙从天花板上降下来，钢墙上下合拢，而且与管道严丝合缝。传来一阵咝咝声，然后整个展厅安静了下来。

不透气，戴克斯心想，不透风。这个疯子一直计划在这里诱捕它。

杜兰特按下一个按钮，大屏幕上突然出现了博物馆。是新闻。防暴警察把人们推离博物馆。还有那些坦克状的大卡车，特种部队躲在后面的那种大卡车。一架直升机飞过博物馆。屏幕下方的滚动新闻上写着：“……新型临时疫苗即将问世。疾控中心建议人们保持镇静。位于西雅图的杜兰特博物馆正处于僵持状态。据悉瓦克斯双胞胎或其中之一在博物馆内……新型临时疫苗即将问世……”

“但是——他们为什么不直接闯——”

“等一下。”杜兰特对他说。他敲了一个键，屏幕上的画面开始放大。博物馆的塔楼和壁垒放大在屏幕上。所有塔楼和壁垒后面都有身穿防弹衣的人，手持高性能的步枪，对准了街上。

“噢，”戴克斯只能说，“又怎么啦？”

“现在你妹妹要来救你了。”

“她不会来的。”

“噢，我想我们会马上见到她的。”

“别指望了。”戴克斯气冲冲地说，感觉自己像个刁蛮的孩子。他一脚踢在玻璃上，结果只把自己的脚趾弄疼了。“我们能听见对方的想法，我已经告诉她不要过来了！”

“真的？”杜兰特问，“传心术？”但他想了想，总结道，“不，应该是心灵感应。也许你永远不会知道你妹妹做了什么。”

戴克斯一时糊涂了，但他很快明白过来。杜兰特又敲了一个键，从展柜底部吹进来的空气突然停止了流动。

第十四章

马上到家了

14

伊芙琳松开黛芙娜。现在索菲亚也在那里。黛芙娜最爱的两个母亲让她向光线外的人们看去。

黛芙娜再也不想知道那些人的事了，但她看见某个城市的街道上人群正处在暴动的边缘——西雅图？一幢大楼的周围设置了警戒线，不让人群靠近。有人持枪对准了一座像中世纪城堡的大楼。黛芙娜以前在哪儿见过这个城堡，也许是在电视上。城墙上的人也用枪对准了街上持枪的人。这太愚蠢、太没意义了。这跟她一点儿关系也没有。跟所有事情一样，这件无聊的事也会过去的。

黛芙娜想转过脸去，但被两个母亲制止了。

她的目光穿过城墙，接着又穿过城堡的地板。她看见一个阴暗的地下室，地下室的四壁为金属墙面。地板上到处都丢着红绒绳，像洒出一道道血迹。

黛芙娜又想转过脸去，但她又被制止了。

然后，她看见在这个古怪房间的尽头有一排电脑，一个高大的男人站在电脑旁。是维吉尔·杜兰特。

黛芙娜没有在意。

那位亿万富翁好像在等什么。他一动不动地站在那里，看着玻璃展柜里的什么东西。她看见那个玻璃展柜。她看见有人躺在里面。

是戴克斯特。

他艰难地呼吸着。

你马上就到家了，黛芙娜在心里说。

第十五章

不可思议的风暴

15

戴克斯拼命喘息着，他感觉就要窒息了，但他听到了妹妹的声音。你马上就到家了，她说。

笼罩着他的生命之光现在几乎完全消失了。但他不想死。

黛芙娜！他在心里说，黛芙娜！护身符——第三个护身符在这里！

黛芙娜听到了哥哥的声音。她为他感到难过，但她想跟他在一起。他死后，他们便会与爱他们的人在一起了。永远在一起了。他们也将彻底远离世间的丑恶。

戴克斯知道他的时间不多了。

“我明白了，”戴克斯听见杜兰特说，“你们守住。转入夜间模式。我在电脑上看一下。”

平躺在展柜里的戴克斯，向屏幕转过头去。屏幕似乎变黑了，但这也许是他的眼睛不行了。杜兰特敲了一个键，声音从屏幕上传了出来。

“蝙蝠！”一个记者叫道，“现在天完全黑了！不可思议的风暴！”在震耳欲聋的风声中，几乎听不见她的声音了。接着，那声音便被人们因突然降临的不祥黑夜而发出的尖叫声完全吞没了。

然后，枪声响了起来。

黛芙娜还是一个小女孩儿时，她只要把床上的毯子拉过头顶便能抵御对黑夜的恐惧。现在她只能用双手捂住眼睛。她们不能让她看杀人，尽管对于那些失去生命的人来说，死亡意味着解脱。

一时间，黛芙娜什么也看不见了。

但在那片虚空中，她看见了它。在那团黑暗中——在那团包裹着她秘密灵魂的黑暗中，她看见了它。

那是上帝的眼睛。

她看见了上帝的眼睛，伟大、永恒的眼睛。

黛芙娜把手放下来。她睁开眼睛，从光线中跃了出来。

第十六章

魔术师助理

16

“戴克斯！”

戴克斯又听到了妹妹的声音，这次她的声音非常清晰，好像就在他身边一样。他终于和她团聚了，他终于可以卸下担子了。现在什么事也没了，他们会是完美的。他会是完美的。

“戴克斯！”

但不对——黛芙娜在这里，也在展柜里。她拿着那本打开的阿列夫，正拼命把他拉进光线中，但她没有力气。她瘫倒在他身旁，阿列夫从她手中掉了下去。

嗞嗞声响了起来，不管戴克斯想不想，他不由得吸了一大口气。

“就像他们说的，”杜兰特宣布道，“好戏就要开始了。”

黛芙娜吃力地抬头看着维吉尔·杜兰特。他就站在展柜前，死死地看着阿列夫。“我要这个钥匙。”他好像没有听到屏幕中传来的枪声似的，“现在就要。”他向前走来，但接着又停下来，“什么突破口？”他喊道，转身向那排电脑冲去。

缓过神来的戴克斯坐起来，从口袋里掏出一些种子，放到黛芙娜的嘴里。黛芙娜慢慢咀嚼着，然后咽了下去。

“管道？”杜兰特疯狂地敲着键盘，叫道，“他们不可能那样进来！”

地下室的灯闪了闪，然后灭了。

空气再次停止流动。

“大家守住。”杜兰特命令道，“我们料到他们会切断电源的。”还没等兄妹俩感到恐慌，应急发动机启动了。一切亮了起来，空气开始流动。

一阵不祥的嘎吱声和隆隆声从头顶的管道中传了出来。杜兰特和兄妹俩扫视着管道，想确定声音的来源。但声音似乎在移动。

一根细管断了，水四溅而出。接着又断了一根，然后又断了几根。

“是莉莉特！”戴克斯喊道。

黛芙娜恢复了体力，她再次试着把哥哥拽入光线中。“噢，不！”她终于看到戴克斯的脚镣。

杜兰特飞快地敲着键盘，水停了。“他们在攻击我们的管道。”他说，“没用的，我早料到了。”

又传来一声不祥的嘎吱声。一根大管道剧烈地晃动起来。

一股令人恶心的气味开始在房间里弥漫。

“是莉莉特。”戴克斯再次警告道。

“我觉得不是。”杜兰特对他说，“但以防万一——”他使劲跺了一下右脚跟，一个刀尖咔嚓一声从他的脚趾处弹了出来。

那不是刀尖，戴克斯看见了——护身符！怪不得他不怕把莉莉特诱到这儿来！

金属的撕裂声突然响了起来，杜兰特抬头看去，现在天花板上的小管道四处崩裂，最大的那根在他头顶上方剧烈地晃动着。他转身抓过地图之书，但他刚把书拿到手，那根管道便出现了一个裂口。看着那个裂口越来越大，高大壮实的杜兰特僵住了。甚至当一个庞大的怪物，一条眼睛血红、张着大嘴的巨大白蛇，随着恶臭的薄雾和冒泡的水流从管道中滑落时，他也一动没动。

杜兰特尖叫起来。

黛芙娜和戴克斯特也尖叫起来。

巨蛇落下来，像魔术师助理被套进袋子那样，杜兰特不见了。

兄妹俩吓得目瞪口呆，坐在展柜里僵住了。那条蛇极其透明——就像血液流过冰下的小溪一样，它的皮肤透出上千条纵横交错的红色的动脉和蓝色的静脉。巨蛇砰的一声落在地上，杜兰特的半个工作台被它的尾巴打碎了。巨蛇至少有二十五英尺长，有一棵红杉树那么粗。

它抬起身子，头从左到右，慢慢查看着。然后，它径直爬到兄妹俩前面，用那双血红的眼睛仔细打量着他们。

这条曾跟夏娃在伊甸园说过话的巨蛇，打量着戴克斯和黛芙娜·瓦克斯。

黛芙娜抓起系在哥哥脚踝上的链子，疯狂地拉拽着。不管光线带给了她多少镇静，她也不可能战胜眼前的这个东西。她的光轮消失了，她感到的只有恐惧。

“走！”戴克斯叫道，“你快走！”

“不！”

巨蛇慢慢地把头伸向玻璃展柜。它张开嘴，好像要说话似的，但接着，它的头猛地向后一摆，眼睛令人作呕地翻了上去。一个东西从它的喉咙处冒了出来。一个金属质地的东西。

护身符！

血喷溅到展柜上，然后开始冒泡、滴落。但兄妹俩明白发生了什么事情：杜兰特从蛇肚子里踢了一脚！当巨蛇仰面砸在地上时，他们觉得好像听见杜兰特临死前的叫声。“好！”兄妹俩喊道，紧紧拥抱在一起。

传来敲击玻璃的声音。

兄妹俩的心再次提到了嗓子眼。他们转头看去。

莉莉特身穿白袍，就站在那里，站在这个血迹斑斑、似乎正在弯曲变形的展柜前。它微微探过头来，但眼睛却直视着他们，只露出兜帽下的两道眼白。

枪炮声突然变大了许多。大屏幕上，一队武警正对城堡发起猛攻，但枪炮声显然不是从屏幕上传来的。

莉莉特似乎并不担心。它拉下兜帽，放下它那雪白的像蜂拥的白蛇似的长发。让长发围住它那张沾满血迹、苍白漂亮的脸。杜兰特的护身符从他的喉咙处凸了出来。它一把拔下来，扔到一旁。护身符发出红光，然后消失了。兄妹俩转头再看它时，发现它脖子上的伤口不见了。

戴克斯几乎吓晕过去，他转头看着妹妹。黛芙娜跪在地上，抑制不住地颤抖着。她背在身后的那只手中攥着一个护身符——第三个护身符？她攥得那么用力，手都被割破了。

“你拿到它了！”戴克斯在心里说，“你怎么拿到的？”但他随即明白了。“你从阿兹尔那里拿的！趁他看阿列夫的时候！”见黛芙娜没有回应，戴克斯接着对她说，“莉莉特的动物部分死了！要是我们杀死了它的男性部分，它就只剩下风了！等到万无一失再行动！”

莉莉特站在兄妹俩对面，盯着在黛芙娜手中颤抖的那本小书。然后它看了看他们T恤衫上那棵结满书的树，咧嘴一笑，露出那些可怕的牙齿。然后便令人恐怖地大笑起来。

莉莉特的动作快极了，兄妹俩还没明白是怎么回事，便被它猛地抓住了头发。但它并没有把他们拽出来，而是摩挲了一下他们的脑壳，好像为了更好地把他们抓紧似的。不过，也许是因为它看到了那个脚镣。莉莉特放在他们头皮上的手指和指甲，给他们一种毛骨悚然的感觉。

“动手！”戴克斯尖叫道。

就在这时，传来一声爆炸声。钢条从入口处所在的墙上爆裂卷曲起来。墙面上出现了一个冒着烟的洞口。

“不许动！”一个威严的声音在地下室响了起来。“我的天啊！那到底是什么东西？”有人叫道。

莉莉特迅速转回身去。不知怎的，莉莉特又变成一条蛇了，烟雾中一条隐约可见的巨蛇。那些冲过来的突击队员猛地停住了脚步。

“蛇没死！”戴克斯尖叫道，“杜兰特的护身符没有奏效！为什么没奏效？”

黛芙娜没有时间考虑这个问题。她从展柜中探出身，举起流血的手，径直把阿兹尔的护身符刺入巨蛇的后背中。

又是那种尖叫声，兄妹俩在书店和山洞里听到过的恶魔般的尖叫声，几乎令他们的思想融化、血液凝固的尖叫声。

巨蛇一头砸在地板上，喘息、扭动、拍打着。突击队员们立刻冲向可以藏身的地方，以防被它压扁。兄妹俩看见巨蛇后背上的护身符发出红光，然后消失了。

拍打声响了起来。接着，一股恶臭的黑风从墙上的洞口穿了出去。

“戴克斯，你看！”

留在地上的蛇皮燃烧起来，烟雾在地下室弥漫开来。

“那个护身符奏效了！”黛芙娜叫道，“我们杀死了那条蛇！”

“但它还有没死的部分，而我们却没有护身符了！”

“不许动！”那个威严的声音再次命令道。这次的声音听上去离他们很近。

烟雾开始消散，兄妹俩转过头来。他们看到至少五十个持枪的人影，每个人都把枪对准了他们。

“好了！”一个声音喊道，“好了！请大家冷静！”是弗勒德医生，她一边走一边用手挥开眼前的烟雾，“这里由我接管了！”

第十七章

更多的问题

17

黛芙娜把阿列夫放进口袋里，爬出展柜。她刚爬出来，便被猛推了一下。地面湿滑，黛芙娜仰面摔倒在地上。她又惊又气地睁开眼睛。

她简直不敢相信，推她的竟然是戴克斯。脚镣刚一断开，他便猛地扑了过来。

兄妹俩即使在相互讨厌的那些年，谁也没有动过对方一根手指头。但现在，戴克斯却跪骑在妹妹身上，气急败坏地喊道："你差点儿让我死了！"他举起拳头——但一个身穿防暴服的人抓住他，把他拽了下来。

黛芙娜爬起身，简直气疯了。她扑向被人按住的哥哥。她什么也不想，脑子里只剩下残暴、野蛮和疯狂。但当她有机会一拳打在戴克斯脸上时，她却克制住了。她不能打人。还没等她来得及细想，她便被人拉开了。

"马上住手！"弗勒德医生咆哮道。兄妹俩被人紧紧抓住了。"很好！"她叹了口气，"现在我需要的是合作。我想我们需要把他们分别带走。”

“不！”黛芙娜急促地喘息着，她觉得臀部都被摔青了。她努力不让自己呕吐出来。“不！”她再次说道，“我们道歉。我们经常打架，但这没什么。告诉他们这没什么，戴克斯。”

戴克斯仍在喘着粗气，他没看妹妹，但点了点头。他竟然想打自己的妹妹，还想打在她的脸上，这让他感到内疚。“这没什么，”他说，“没什么大不了的。”

弗勒德医生看上去并不相信。“好吧，”她说，“但如果再有任何问题，我们就只好换种方式了。”

“再也没有问题了。”黛芙娜保证道。

“跟我来。”弗勒德医生命令道。兄妹俩谁也不看对方，跟着弗勒德医生从那群军人之间穿过去。他们大多数人还在看着那根破了的管道，显然认为那条蛇是从那儿逃出去的。那根管道仍在漏水，但速度慢了下来。

三个人沿着石质的旋转楼梯走上去，出了地下室。兄妹俩跟在鞋跟咔嗒作响的弗勒德医生后面，穿过博物馆，来到一个员工出口。出口外是一条无人的小街，街上停着一辆没有熄火的救护车。

弗勒德医生打开救护车的后门，先让兄妹俩坐进去，然后她也坐了进去。救护车响起警笛，沿着显然提前戒严的街道疾驰而去。

弗勒德医生的黑发绾成了一个圆发髻，这让她看着有点儿像监狱长似的。上车后她做的第一件事，就是清理、包扎黛芙娜那只受伤的手。整个过程中，她都没有说话。兄妹俩也没有说话，他们正试图把刚才的十五分钟从记忆中抹掉，同时他们思忖着杜兰特的护身符是否是假的。最好是假的，因为这就意味着，真的还在某个地方。如果杜兰特的护身符是真的，却没有奏效，那么他们再也没有可以杀死莉莉特的东西了。那样的话，那个怪物就能以其男性化身自由出没了。而这也就意味着，他们死定了。

"谢谢你们。"包扎完后，弗勒德医生说。见戴克斯和黛芙娜一脸困惑，她解释道，"谢谢你们的合作。你们不知道这对我意味着什么。告诉我这一切怎样开始的，好吗？也许你们认为这可能都是你们的错，但现在我们早就不计较这个了。我只需要知道伊芙琳·伊敦是怎么被感染的。只要我知道这一切是怎么开始的，我相信我一定能研究出有效的治疗方法。"她试图说得很平静，但声音中却流露出明显的绝望。

兄妹俩谁也没有说话。只有救护车的疾驰声。

"也许你们认为没人会相信你们。"弗勒德医生劝说道，"黛芙娜，我们去你家时，你说了一句话，好像是关于莉莉特的，有没有可能你说的是莉莉特——伊甸园故事中那个很少有人知道的角色？亚当的第一个——"

"是的！"黛芙娜叫道。她再也忍不住了，她必须把真相说出来，即使这样做会带来不折不扣的灾难。

第十七章 ⊹ 更多的问题

但还没等她打开闸门，弗勒德医生说了起来："我们试着对你的家人做了很多研究。你们的背景非常神秘，也许你父亲属于某个喜欢保守秘密的宗教组织？"

兄妹俩彼此看了一眼。虽然他们听不见对方的想法，但彼此一看就明白了。弗勒德医生以为，他们可能是某个异教组织的成员，或者是被洗过脑的傻瓜。

"不是。"兄妹俩说。

"您不相信宗教故事吗？"黛芙娜问，"您学过宗教，对吧？"

弗勒德医生的脸上闪过痛苦的神情。"我相信宗教故事对世界极为重要。神话是那个时代的科学。"

"那么，"黛芙娜说，"如果有人有过某种宗教经历，或者见过某种奇迹或——"

"我会礼貌地向他们解释，他们以为的宗教经历，其实都可以用科学来解释。"

"但是，如果他们非常非常坚持，说他们看见的事真的发生过呢？"

弗勒德医生耸了耸肩。"对某些人你是无能为力的。"她承认道，"也许你可以送他们去最近的精神病院。"

戴克斯和黛芙娜又彼此瞥了一眼，他们的眼神很明确：什么也别说。

"你能告诉我，你为什么会提到莉莉特吗，黛芙娜？"

“不为什么。”黛芙娜垂下目光，努力克制着把实情一吐为快的冲动，“我正在读关于它的书，说它与疾病之类的东西怎样联系在一起的。我不大合群，是个书虫，而且特别爱幻想。有时候，我会把真实世界里的东西和我脑子里想的东西混在一起。我只是被那个故事迷住了。

“就这些？”

“嗯，就这些。”

戴克斯没有说话。他知道，黛芙娜那么说她自己心里肯定很难受，尤其是，说的并不是真话。不管怎么说，大部分不是真话。

“那好吧。”弗勒德医生说，知道她对付的是个傻女孩儿而不是一个宗教狂，似乎让她松了口气。她平静地看了兄妹俩一眼，然后说：“你们谁能告诉我，在你们母亲伊芙琳的书店里到底发生了什么事？”

“我们不知道发生了什么事，”黛芙娜说，“我们没看见咬她的是什么东西。”

“但你告诉康拉德探员，是只蝙蝠。”

黛芙娜不知道怎么说了，但戴克斯解释道：“任何原因都比没有原因好。”

“伊芙琳去世界各地旅行，”弗勒德医生深吸了一口气，沿着另一条思路说，“有没有可能是她带回来的某种国外的动物？也许是不该养的动物？或者是你父亲养的某种动物？他也经常去世界各地旅行。”

兄妹俩都摇了摇头。

弗勒德医生低下头，她的脸和肩膀都绷紧了，好像她马上就要崩溃了一样。

“那个新的临时疫苗，”戴克斯突然问道，“不是真的，对吧？”

“对。”弗勒德医生吃惊地抬起头，承认道。“但这个新闻有利于平息恐惧。今天早晨加拿大边界开了枪，差点儿造成大灾难。但现在，人们开始回家了。”

“也许回家去死。”黛芙娜说。

“也许回家去死，”弗勒德医生同意道，“但更有机会活下去。我们将给他们用安慰剂，直到真正的疫苗问世。我看得出来，你们不赞成我们的做法，”她观察道，“但这个新闻给了我一些时间，宝贵的时间。我手头有两个死了的少年，像你们这么大，也许他们身上可以提供一些有用的信息。其实，他们可能就是你们的兄弟姊妹。”

黛芙娜的脸变白了。她向戴克斯看去，戴克斯点了点头。

“我要制止这场瘟疫，”弗勒德医生强调道，“我要用某种方法彻底制止它。我不会屈服的。”

“除非你死了，否则你不会停止工作的。”戴克斯对她说。

“完全正确。”

三个人一时都没有再说话。

这是一个把“我”字挂在了嘴边的女人。戴克斯不喜欢她这个样子，尽管她的确正在负责研制疫苗。他相信，她的压力肯定特别大。

黛芙娜满脑子想的却只有一个人：蒂尔。

终于，弗勒德医生说：“我能问个问题吗？”

兄妹俩点了点头。

现在，救护车出了市区。

“黛芙娜，我们藏在你鞋里的跟踪器，怎么会出现在布宜诺斯艾利斯的一家宾馆房间——一起谋杀案，或者说，又一起谋杀案的现场呢？”

戴克斯和黛芙娜又交换了一个眼神。看来，合理的解释是不可能了。于是他们只好说：“我们不知道。”

“但这几乎不可能是一种巧合，因为这把你们和两起此类可怕的案件联系在一起了。我在你们家的时候，解释过这件事。”见兄妹俩露出困惑的神情，弗勒德医生补充道，“你们是说，你们没有听见？”

“听见什么？”戴克斯问，“当时我们肯定从窗口爬出去了。”

“关于伊芙琳·伊敦遭到袭击的事。”

“什么？”黛芙娜质问道，“什么袭击？她死的时候，我看见了。”

“我不明白。”弗勒德医生说，“那些窃取器官的盗贼——

那个开膛手杰克的组织——他们袭击了三十四个人，不是三十三个。你母亲伊芙琳——当然她不是被谋杀的——但她的尸体在医院的太平间遭到了袭击。她是遭到此类袭击的第一人。因此，当那个跟踪器出现在南美时，我以为在我把这件事告诉你们之后，你们为了搞清楚这种事跟她可能有什么联系，便设法去了最近一起谋杀案的现场——否则，我——我就不明白了。”

兄妹俩谁也没想帮她弄明白。黛芙娜已经惊呆了。戴克斯闭上眼睛，试图把这个消息与现在发生的一切全部忘掉。

“在其中一起谋杀案中，一个摄像头捕捉到了凶手的一个画面。”弗勒德医生仿佛在寻找突破口似的，看着兄妹俩，“我们知道，凶手穿着一身黑色的防护服，这说明他认为受害者都感染了瘟疫，但事实上，这不是真的。那些人除了伊芙琳，都没得瘟疫。凶手的目标好像完全是随机的。如果你们知道可以把这些受害者联系在一起的事情，现在就请告诉我。”

“抱歉。”黛芙娜说，但她的眼睛却望着别的地方。在那个地方，发生在伊芙琳身上的事是不存在的。那不可能是真的，那是——亵渎神灵。不过这不要紧了，反正她看到伊芙琳在天堂里，而且安然无恙。“我——我发现那个跟踪器后，就把它扔了。”她撒谎道。

“扔到垃圾车里了。”戴克斯插话说。

弗勒德医生显然不相信，但她没有盘问下去。她坐在座位上，显然陷入了绝望。“你们有没有听我提到过，提供线索者可以得到一千万美元的赏金？”她问道，“我不在乎钱——我有很多钱——但如果你们帮我，你们当然可以——你们的遗产仍被银行冻结——”她从兄妹俩的表情中可以看出，这一招显然也毫无作用。

似乎没有什么可说的了。三个人陷入了长时间的沉默。

终于，戴克斯说：“啊，我们到底要去哪儿？”

就在这时，救护车停了下来。

“我们一定是在机场。”弗勒德医生稍微振作了一些，“我们想把你们两个带回俄州健康科学大学的实验室，做些检查。你们虽然不是唯一与病菌有接触但没被感染的人，但你们一开始就在现场，因此有必要对你们进行仔细的检查。”

就在这时，车门被打开了。一看到开车门的人，弗勒德医生好像触了电一样。那是一个身穿国外风格的套装，矮个子、秃头，但精力旺盛的人。兄妹俩立刻认出了这个冷面男人，尽管他现在老了一些。他就是那个很久以前站在会议厅的一侧，用手枪逼迫萝贝塔·弗勒德取消那场突破性演讲的人。这一次，他手中也拿着一把枪。

弗勒德医生看着兄妹俩，好像不认识他们似的。“你们怎么会跟他们有联系？”她倒抽一口凉气，“他们想要你们干什么？”但接着，她看着冷面，尖叫道，“不！我不会再让你这样对我的！”说完便向冷面扑了过去。

冷面敏捷地向旁边一闪，手枪一挥，便把她打晕了。不等弗勒德医生从车上掉下来，冷面便抓住她，然后把她放倒在兄妹俩的脚下。

兄妹俩一动也没动。

冷面把门拉开，挥着枪让他们下车。

他们的确在机场上。救护车停在一条跑道上。越过冷面的肩膀，可以看见一架小型的私人飞机。飞机的发动机已经启动，舱门已经打开。

第十八章

在飞机上

18

飞机内部与其说是机舱，不如说是富人的客厅。实木装饰的墙面，咖色的长绒毛地毯，六个超大、柔软、舒适的全皮座椅。每个座椅前都放着零食筐，筐内有单独包装的饼干、英式松饼和小柑橘。

兄妹俩立刻吃了起来。他们不记得上次吃东西是什么时候了。事实上，他们已经没有时间概念了。他们处在超长的睡梦中，或者说，噩梦中。

“这是杜兰特的飞机？”戴克斯问道，他满嘴都是松饼。上次他坐在这么舒适的地方，是在杜兰特的豪华轿车里。杜兰特。戴克斯一直没有时间细想杜兰特令人恐怖的死亡。这个人不该那样死掉，戴克斯心想，尽管他基本上是自作自受。

“可能是杜兰特的。”想起发生在博物馆里的事，黛芙娜不由得一阵战栗，“但我有种预感，这不是他的。”那个疯子浪费了生命，她心想，世上所有的钱也不会给他带来平和了。但她希望他现在得到了平和，她希望地图之书并非毫无用处，她希望它把他带到天堂，找到了他的家人。

家人……

墙上有一台大屏幕的平面电视。飞机开始滑行时，戴克斯按下扶手上的按钮，电视打开了。总统正在总统办公室里讲话。

“——同胞们，”他说，“我们都注意到在目前的危机中我们所面临的困难与挑战。此刻，我请求你们的帮助。我希望你们此刻保持镇静，因为这才是我们迫切需要的帮助。到现在为止，我希望你们已经听到这个新闻：新型临时疫苗已由萝贝塔·弗勒德医生领导的团队在俄勒冈健康科学大学研制成功。这个消息在陷入混乱状态的西北部地区，已经起到了平息恐惧的作用。

“我们也得知，弗勒德医生近日有望研制出永久疫苗和最终治疗方案，因此，我们再次地殷切希望所有居民保持镇静。在危机时刻，当信息不畅时，人们容易听信谣言，不管谣言多么荒诞不经。请大家不要把精力放在对神秘或末日的设想上。

“总有一些人，企图利用恐惧谋取私利。但是，那些挑起宗教紧张局势的高塔不会在我们最需要团结的时刻分开我们。这是一个科学问题，科学将——”

飞机就要离开地面时，黛芙娜关了电视。“如果这里面一半是谎言，”她自言自语道，“那另一半也一定是。”她找到扶手上的按钮，把椅背松开。尽管她越来越担心害怕，但当她发现椅背几乎能够放平时，不由得露出了笑容。不过，她一放松下来，那笑容便消失了。

伊芙琳的尸体在太平间遭到了袭击。

不，这是她无法面对的。

戴克斯也把椅背放倒。“我不知道我多久没有睡觉了。”他叹了口气，决定不去想刚在电视上听到的总统讲话，不管它是不是谎言。“几天？”他猜测道，“几个月？我觉得好几年没睡觉了。”

黛芙娜想对哥哥说些什么，但她连表示同意的力气也没有了。兄妹俩不再说话，试图强迫自己进入无意识状态。尽管疲惫，他们却睡不着。他们听着机翼处的风声，感受着几乎无法察觉的气流所引起的震动。

“戴克斯！”黛芙娜突然坐起来。她几乎忘了戴克斯还不知道呢。“在天堂！我看见妈妈了！还有伊芙琳！她们是天使！有翅膀的天使！”

戴克斯特惊奇地看着黛芙娜，但什么也没说。他觉得他只要一开口，就会崩溃的。

“对不起。”黛芙娜突然说。

戴克斯背过脸去。

“我活该。我想跟她们待在一起。我以为我不再自私了，但显然我还差得很远。好像我有缺陷或别的什么似的。”

“你没有缺陷，黛芙娜，这不是你的错。”

“什么意思？”现在，睁大眼睛的是黛芙娜了。

“天使们就是那样。他们的眼界更宽，所以不会为小事那么担心。”

“我听着那可不像天使，”黛芙娜说，“而且让哥哥你差点儿被人谋杀也不是‘小事’。我觉得妈妈和伊芙琳就很担心。另外，我敢说，仅仅待在那里并不能让我们成为天使。我们有翅膀吗？”

“不管怎样，”戴克斯说，“这跟待在那里有关系。我觉得当你回来后，当天堂的影响消失后，你的感觉就太像凡人了。”

“你这是在说对不起吗？你差点儿打了我。”

戴克斯笑了笑。“是的，我猜是这样的。天堂里发生了什么事？”

黛芙娜犹豫了一会儿，然后说：“戴克斯，天堂是一座图书馆。妈妈和伊芙琳跟我说话，她们想告诉我一些重要的事，但我一句也听不懂。但说实话，我觉得她们在告诉我，我不应该待在那里。”

“那些格子，”戴克斯终于明白它们是什么了，“是书？”

黛芙娜点了点头。“我们不应该回去，”尽管一想到这个，黛芙娜便感到痛苦，“我们可能会永远改变了。如果是那样，我们可能再也不想或者不能帮忙了。”

“帮忙？这就是我们在做的事吗，黛芙娜？”

“我不知道。我们在努力。”

兄妹俩默默地想了一会儿。

“这么说，妈妈和伊芙琳，”终于，戴克斯说，“是她们让你回来的？”

“不是，”黛芙娜说，“不全是。”

“那为什么？”

“我看到了上帝的眼睛，戴克斯。”

“噢。”

兄妹俩没有其他可说的了。

他们躺回到座位上，忍受着令人不安的沉默。幸运的是，最后，他们终于睡着了。

第十九章

逃跑的后果

19

戴克斯躺在林中空地——他在加布里埃尔公园森林中的秘密藏身之地——的落叶上，仰望着天空。世界看上去是颠倒的，但远在世界真正颠倒之前，它就是这个样子。

黛芙娜在光线中，与母亲牵着手走着、说着、笑着。她有翅膀。她很幸福。

兄妹俩被人叫醒了。

他们慢慢睁开眼睛。

飞机已经着陆，舱门已经打开。冷面出现在他们的眼前。他似乎没有说话，也就是说，他只瞥了他们一眼，便把他们从睡梦中拉回到了现实世界。

兄妹俩解开安全带。他们拖着脚步，跟在冷面后面下了飞机。那是一个微风习习、温暖舒适、甚至有丝甜味的夜晚。一辆深色车窗的黑色汽车停靠在飞机旁。冷面坐进驾驶座，启动了汽车。

又一次，没人在那里，没人确保他们不会逃跑。

但他们早就知道逃跑的后果是什么。

黛芙娜把手放在门把手上，但在开门前，她看着哥哥说："戴克斯，我快受不了了。我不断地告诉自己，这很快就变成现实了。"

"也许这就是我们为什么是两个人的缘故。"

黛芙娜笑了笑。兄妹俩钻进车里。发现没人等在那里，他们松了口气。车内有块挡板把他们和冷面隔开了。

汽车开始疾驰。从机场出来，他们开上了一条高速公路。然后在黑夜笼罩的乡村，穿行了一段时间。

兄妹俩没有说话。他们坐在那里，看着模糊的暗影掠过车窗，不知道他们到底在哪里。过了一会儿，车外的景色变了。他们行驶在一条弯曲的河流旁。河上一座座的石拱桥相距都不远。一切似乎都很安宁。

黛芙娜从口袋里掏出阿列夫，然后打开。她没有任何目标，但也许他们可以找到——某个东西。

变幻不定的光线充满了汽车的后部。

戴克斯和黛芙娜向圣光中望去。尽管他们都没有意识到，但他们正好看见了他们想看的东西：总统。总统从领带上摘下麦克风，离开办公桌。有人把电视摄像机推了出去。

"见鬼！"他冲着那里一群身穿制服的男女叫道，"我要治疗方案！现在就要！"

"冷静，哈？"黛芙娜说。

“我们去找弗勒德医生吧。”戴克斯提议道。

接着，兄妹俩便看到了她，看到了年轻时的她。她在一座公寓里，一边哭，一边打包行李箱。

一个下巴有道凹口的男人在试图阻止她。“我们可以熬过去的，罗比[①],”他轻声说，“你需要休息。你一直都在工作，太辛苦了。罗比，”他接着说，这次他握住了她的双手，“我们结婚吧。”

弗勒德医生突然哭起来。“他们威胁要杀了我！”她哭着说，“我说，‘随你们的便’，他们说会杀了我的全家，他们说会杀了我认识的每一个人，他们说会杀了你！”

男人的脸色变白了。

弗勒德医生走进浴室，开始把抽屉里的东西胡乱倒进一个旅行袋——瓶瓶罐罐、面霜和卷发器。

“罗比。”男人在另一个房间喊道。但他没有再说别的什么。

“我不会让他们这样对我的。”她咬牙切齿地咆哮道，“我会把精力放在干细胞研究和病毒学上。我要成为世界上最好的医生。总有一天，我会让他们付出代价的！”说着，她把手中的袋子向镜子甩去，镜子碎了。

接下来，全是弗勒德医生在一个又一个的实验室弯腰看着图表、图片、试管或显微镜的图像。随着一一闪过的图像，她

① 罗比（Robby）为萝贝塔·弗勒德的爱称。——译者注

的年龄越来越大了。就像看学校里孩子们在笔记本页角处画的那些小动画一样，鱼尾纹逐渐爬上了她的眼角，她的身体也胖了一点儿，但她的头发，她那漂亮的头发却没有改变。

突然，另一个场景出现了：跟今天一样模样的弗勒德医生，抱着满满一箱实验设备，匆忙走在城市的街道上。突然她在一个临街商店的橱窗前停住脚步。那儿有辆婴儿车。看着那辆车，泪水顺着她的脸颊无声地滑落下来。

“莉莉特。”戴克斯说道。接着，他们便看到了那个怪物。莉莉特又来到那座奇怪的火山上，炽热的岩浆顺着山坡流淌着。他站在火山口旁，把什么东西扔了进去。

汽车颠簸了一下，黛芙娜手中的阿列夫掉在了地上。她飞快地捡起来，但当她准备再次向书中看去时，戴克斯把脸贴到了车窗上。

他们到达了一个城市，但这个城市却与他们见过的所有城市都不一样。他们正沿着一条窄路行驶，道路两旁是间距很近的巨大建筑。那些建筑看上去都是石头建的，至于风格，他们只想到了一个字——老。风格太老了，而且不是美式风格。远处有个看上去像迷你版的华盛顿纪念碑的方尖碑，在一个巨大的穹隆顶的建筑前若隐若现。但没等兄妹俩看仔细，汽车便拐到一条小街上。

在一条更窄的街上颠簸了几个街区后，汽车在一座普通建筑旁的一个普通的金属车库门前停了下来。车库门升上去时，兄妹俩交换了一个好奇的眼色。

汽车开进车库，然后停下来。车库空着，比汽车大不了多少。

车库门在他们身后关上了。

他们又被留在他们似乎常待的地方：黑暗中。

第二十章

守秘人

20

“真恐怖，”黛芙娜开始担心起来。她抓紧阿列夫，正要逃离，马达声突然响了起来。但那声音不是来自车内，而是车下。汽车后部开始抬起来。“戴克斯，我们走吧！”

“这是坡道，”戴克斯说，“我们正往地下室走。”

果然，汽车开始沿着他们进来时还不存在的斜坡向下驶去。

汽车到了平地。兄妹俩可以看出，他们到的地方比他们预想的体面得多。像任何城市的街道一样，这是一条宽阔的街道，只不过不仅一尘不染、异常安静，而且街灯安装在铺了瓷砖的天花板上。但这确实是一条街道，一条横穿这个地下城市其他街道的街道。街道两侧是石墙，但墙上不时便出现一扇青铜门。五分钟后，汽车在一扇青铜门旁停了下来。

驾驶座一侧的车门打开了，黛芙娜立刻把阿列夫藏了起来。接着，后门打开了，露出站在车外的冷面。冷面默默地等在那里，也许他就不会说话。

兄妹俩从车上下来时，冷面打开那扇青铜门，示意他们进去。门里面是个小电梯间。让他们极其宽慰的是，冷面没有跟他们一起进来。他在兄妹俩身后关上那扇青铜门。不一会儿便传来汽车开走的声音。

戴克斯耸了耸肩。电梯旁共有两个按钮，下面的按钮上有个锁孔。戴克斯按下上面的电梯按钮。电梯门立刻打开了，兄妹俩走了进去。电梯开始上行。过了好一会儿，电梯门终于再次打开了。门外是一条没有装饰的长长的过道，过道的尽头是一扇漂亮的木门。戴克斯和黛芙娜走到尽头，打开木门，走了进去。

兄妹俩好像进入了另一个世界。

他们好像到了一个博物馆。这是一个巨大的展厅，高耸的拱形天花板上，绘满了壮丽的壁画。戴克斯马上感觉到，这里与杜兰特的“恐怖屋”有着天壤之别。这里的色彩是丰富的、温暖的、华贵的。地板看上去是大理石的。主灯没有开，但辅灯柔和的光线沐浴着一切。兄妹俩边走边看，目不暇接。这个地方太美了。

“这是什么？”戴克斯在放着一本巨大古书的展柜前停下来。

“你看，”黛芙娜向展厅中心那六个支撑穹顶的大柱子走去，每个柱子上都绘有文艺复兴时期的人像。第一个柱子上有块标牌，黛芙娜看了看。“这些都是发明字母表的人。”然后，她读道：“字母表是全部知识的象征，因为它包含了构成单词的字母，而单词构成了我们的知识。”

“这是哪儿？”戴克斯问道，“更重要的是，我们为什么在这儿？”

黛芙娜也不知道，她领着戴克斯向前走去。所有的房间和展厅既像博物馆又像图书馆，他们在里面转来转去。他们注意到，壁画和挂毯上所描绘的内容各不相同，乡下风景、叙事场景、会议辩论，但里面几乎都有书：被夹在胳膊下、摞在桌子上、高举在手中。

书。一切似乎都与书相关。

兄妹俩仔细查看，想知道那些会议中有没有他们的母亲。如果有，那可能就是决定荒谬之书命运的那次会议。但好像里面都没有。

有两幅挂毯上没有书，所以很显眼。其中一幅是耶酥受难图：一个男人站在十字架旁，正用一个金色酒杯接住从耶稣肋部伤口处流出的鲜血。这是一幅让人不安的图案。另一幅挂毯上描绘的是最后的晚餐。耶稣站在一张长桌旁，正告诉他的门徒，他们中的一个人将要背叛他。挂毯下方有个标牌，标牌上有段引文：

我从主那里领受，又传给你们的，就是主耶稣被人出卖的那个晚上，他拿起饼来，感谢了，掰开，说：“这指的是我的身体，是为你们舍的。你们要不断这样做来纪念我。”晚餐过后，他又同样拿起杯子来，说："这个杯子指的是凭我血所立的新约。你们每次用这个杯子，都要这样做来纪念我。"你们每次吃这个饼、用这个杯子，都是显扬主的死，直到他来。[①]

戴克斯和黛芙娜没说什么，继续向前走去。他们看到许多古代的大本书，不过他们也看到其他珍宝，包括几十件雕塑作品。其中一件青铜雕塑，放在一个黑白相间的石桌上，几个人体托着一朵绿花，花上托着一对天使，看上去非常壮观。

天使无处不在：画在墙上的、印在书上的，雕刻在镶板上的，有的在嬉戏，有的在飞翔，有的在拉起花彩。这是一座教堂、图书馆，还是博物馆？他们看到纯金的牧羊人雕像、古老的地球仪和科学仪器。在一个房间里，他们还发现了一幅古老的地图，地图上满布的明亮斑点，看上去像光点一样。

"戴克斯，"一看到那幅地图，黛芙娜便说，"这个看上去像地图之书。"

"好像所有的东西都在这里，"戴克斯回忆着他们看见的和做过的一切，"这好像是我们人生的博物馆。"

黛芙娜点了点头。兄妹俩走进另一个房间，对面墙壁的下半部有一排嵌入式壁橱，黛芙娜立刻向那里走去。看到壁橱从头到尾装满了古书，她不由得惊叹起来。

---

① 圣经，哥林多前书 11：25-26。——译者注

“我们的图书馆是世界上最古老、最重要的图书馆之一。”一个低沉、洪亮、又有点儿熟悉的声音说道。

兄妹俩转过身，发现那是一个穿着一件闪亮的银色长睡衣和一双毛茸茸的灰色拖鞋的高个子老人。兄妹俩当然从来没有见过他。他长得有点儿像巫师，秃顶，却有着两道浓密的白眉毛，长长的白发从他头顶以外的地方像帘子一样耷拉下来。另外，他的脸还有点儿松垂。

“这里藏有七万五千多本古籍和不下一百万本图书，”老人补充道，“这还不包括秘密档案室中的十五万件藏品。”

“我们在哪儿？”兄妹俩问道。

“抱歉我有事耽搁了一会儿。”老人回答道，“但请首先允许我欢迎你们来到梵蒂冈图书馆。”

“梵蒂冈？您——您是，”黛芙娜结巴地说，“教皇？”

“不，”老人大笑起来，“我只是负责保管他的秘密，有些秘密甚至连他自己也不知道。”

第二十一章

三十六

21

老人有点儿跛脚，每走两步身体便会向左边倾一下。他把兄妹俩带到图书馆后面的一个房间里。从沿墙的图书看，这似乎是间书房，但一个医用移动式帘子遮住了大部分房间。房间里有张病床，床上的人不知是睡着了还是昏迷着。那个人头上缠着绷带，但几缕不听话的头发从绷带下翘了出来。

“我年轻的朋友们，”老人说。兄妹俩立刻想到了对这个老人来说再合适不过的称呼：守秘人。“这就是我被耽搁的原因，我正在照顾这个亲爱的人。他的时间恐怕不多了。”

“阿兹尔！”现在黛芙娜认出了他，惊叫道。但她立刻用手捂住了嘴，“他——？”

“他快死了。”守秘人说，“他遭到了毒打，之后他便开始用多种语言说胡话。但有几件事他的确说清楚了，其中一件就是他想来这儿，他想死在梵蒂冈图书馆。他和他的家人一代又一代地为教堂服务了很多年。我们至少能做到这一点。”

黛芙娜现在明白，他们为什么被带到或绑架到这儿了，但她仍然问道:“您为什么想跟我们谈话?”

“这座图书馆珍藏了许多秘密,”守秘人回答道,“但有一个极其重要的秘密,即使放在这里也不保险。那个秘密藏在开罗的班耶兹拉犹太教堂,阿兹尔是它的守护人。你们应该知道那座教堂遭到了袭击,大部分已被夷为平地。结果,那个秘密—— 一个文件——不见了。一些宗教派别很有可能利用那些可笑的高塔引起混乱,找到了进入教堂的办法,但这在以前是绝对不可能的。”

“他们的办法就是炸掉教堂。”戴克斯瞥了妹妹一眼,兄妹俩虽然无法听见对方的想法,却都意识到:阿兹尔没有告诉任何人,在教堂遭到袭击之前,他早已被迫把那个文件给了莉莉特。这也解释了他当时为什么看上去那么痛苦。他说他撒谎了。兄妹俩暗自怀疑,阿兹尔在这儿的真正原因是,守秘人希望他能恢复到能够讲出真相。

“有人觉得文件可能在袭击中毁掉了,”守秘人说,“但我们认为不是这样的,因为那个文件放在防弹箱里。我们找到了箱子,但里面空无一物了。”

“那些高塔,”黛芙娜再次犹豫着是否把他们知道的一切都说出来,但她还需要时间考虑一下。“您认为它们是干什么用的?”

“愚蠢,”守秘人答道,“宗教狂热者的愚蠢。有一个组织,一个名为制图师公会的秘密组织,相信自己找到了天堂的入口。这听上去虽然可悲，却是可预测的，是现代生活的巨大压力造成的后果。当然这场瘟疫更是火上浇油。人们对末世或者说对世界末日的恐惧由来已久，历史上充满了类似的反应。”

“您没有那种恐惧吗？”戴克斯问。

“我确实有，”守秘人说，“这就是我们为什么不惜一切代价找到那个文件的原因。我们为什么不坐下来谈谈呢？”他拉开帘子，露出书房的其他部分。

阿兹尔发出艰难的喘息声，守秘人转身向他看去。等那个垂死的人安静下来后，他又转回身来。

但这期间，兄妹俩看到了那张金光闪闪的桌子。他们马上明白这意味着什么了。

“没有一个人猜到那个秘密，”这个骗子坐回那张红色靠背的椅子上，并没有注意到兄妹俩的表情已经变了。

“连萝贝塔·弗勒德也没有猜到吗？”黛芙娜和戴克斯坐到对面的椅子上，黛芙娜厉声问道。

守秘人一愣。“你怎么会——？”但接着，他摇了摇头。“没有，连萝贝塔·弗勒德也没有猜到。”

“但我打赌她几乎猜到了。”戴克斯挑战道。

“那是你干的，是吧？”黛芙娜质问道，“是你阻止她与外界分享她的发现的！是你恐吓要杀死她和她爱的人的！当然是你！冷面是你的杀手！我们可真傻！”

守秘人用疲惫的双眼看了看黛芙娜，让步道，“我们必须迫使她合作。是的，是我干的，”他承认道，“但不幸的是，这是必须的。我看得出来你不赞成我们的做法，但她正准备沿着一条危险的道路走下去，那是我们不允许的。我怀疑你是不是知道，非常时刻需要非常措施。”

“她想告诉人们什么？”黛芙娜质问道，“她的发现怎么就对你们那么危险了？”

守秘人没有回答。

“那么，那个文件，”戴克斯希望能够再次通过迂回的方法得到一些答案，“跟瘟疫有关吗？”

“只在这一点上有关：那个文件也能引发某种类似的——不，更为严重的灾难。”守秘人答道，“弗勒德医生治疗的是身体上的疾病，我关心的是心灵上的疾病。从你们的T恤衫可以看出，”他补充道，“你们知道，有些知识，尤其是神圣的知识，最好不让人们知道。”

“你不要指望我们知道卷轴在哪儿，”黛芙娜说，“因为我们不知道。”

守秘人向床上的阿兹尔望去。“我可怜的朋友说了很多胡话，遭受了很多可怕的幻觉。他不厌其烦地说，他看见了天使。而且他说了两个名字：戴克斯特和黛芙娜·瓦克斯。”

“假天使！”阿兹尔突然喊道。但接着他又安静下来。

“孩子们，”守秘人转头看着黛芙娜和戴克斯特，“看来，你们是许多重要事件的中心人物。我向你们保证，尽管这听上去很古怪，但严守那个秘密绝对重要，比寻找这场致命瘟疫的治疗方案还要重要。所以，请原谅我想知道关于那个文件你们都知道些什么。我补充一句，我从没说过那个文件是幅卷轴。”

黛芙娜的脸变得像甜菜根一样红了。她说漏嘴了。

戴克斯不在乎，他决定摊牌。“那幅卷轴不是在袭击中被拿走的，”他说，“是在袭击前被一个叫莉莉特的怪物拿走的。我们知道，你们知道莉莉特，因为我们知道你们或你们的人给了阿兹尔一个护身符。他告诉我们，教会把保护卷轴的任务交给了他的家人。他想刺死莉莉特，但他根本没有机会。我们用两个护身符，分别杀死了莉莉特的两部分。但第三个护身符，也就是维吉尔·杜兰特的那个护身符没有奏效。现在，我们不知道该怎么办，除非杜兰特的那个护身符是假的，而且知道真的在什么地方。”

听到莉莉特的名字，守秘人眯起他那双明亮的绿眼睛。“请再多告诉我一些。”

黛芙娜松了口气。戴克斯替她做了她做不到的事。“您能告诉我们那个卷轴是干什么用的吗？”

守秘人仍然没有回答。他往椅背上一靠，闭上眼睛，然后跷起二郎腿。显然，他需要好好考虑一下。

兄妹俩都注意到了他的拖鞋。那是一只敞口拖鞋，他跷起二郎腿时，脚与拖鞋之间出现了一点儿间隙。兄妹俩可以看到，那只鞋里塞着一沓柔软的鞋垫，但另一只鞋里面没有。

第二十一章 ⚘ 三十六

他的两条腿不一样长。

戴克斯和黛芙娜彼此看了一眼。现在他们知道他们是在哪儿听见过他的声音了。他们也见过那双绿色的眼睛——面具后的眼睛，还有那只厚底运动鞋。

守秘人睁开眼睛，看见兄妹俩正盯着他的脚。但过了一会儿，他才明白兄妹俩为什么满脸愤怒了，于是立刻把脚放了下来。

“你是制图师公会的会长！”黛芙娜喊道。

守秘人站了起来。“孩子们，请不要这样。”

“你早就知道莉莉特在那里！”戴克斯咆哮道，“你也去了修道院和旅舍！”

阿兹尔在戴克斯的喊叫声中抽搐了一下。

“你，”黛芙娜怒火中烧，“比起阻止莉莉特或这场瘟疫，你的确更在乎那个秘密！”

守秘人似乎做出了一个决定。“我将告诉你们卷轴是干什么用的。”他重新坐回到椅子上，“你们将明白这些问题是分不开的。”

戴克斯特和黛芙娜等待着。

守秘人分别看了他们一眼，然后说：“那幅卷轴显示的是如何辨认 Tzadikim Nistarim[①]。”

“什么？”黛芙娜问道，“不是关于莉莉特的孩子被囚禁的地方吗？”

---

① Tzadikim Nistarim 为希伯来语，意思是“正义之人”。——译者注

“Tzadikim Nistarim 比那个重要得多。”

“Tzadikim Nistarim 是希伯来文。”戴克斯说。

“的确是。”守秘人确认道，“意思是‘正义之人’，但它特指神秘犹太教中的一个信仰。任何时刻世上都有三十六个真正的正义之人，整个世界因他们的存在而存在。有人认为只要失去他们中的一个，世界就会终结。有人认为失去全部三十六个人，世界才会终结。”

“你们——基督徒——也相信这个？”

“我们相信。”守秘人确认道，“我们的宗教是从犹太教发展来的，犹太教是我们的基础——你们也可以说，犹太教是我们的烦恼。但这不重要，重要的是，你们一定要明白，Tzadikim Nistarim 根本不知道自己是谁。我想你们能够看出，如果某个人知道怎么辨认他们，那个人将会带来怎样的危险。”

“等一下，”戴克斯说，“你说的是三十六个？”他看着妹妹，“爸爸最早招收学习原初语的那些孩子——据说是三十六个世界上最聪明的——”

就在这时，床上的阿兹尔猛地坐直了。他向金色的桌子转过头来，看见兄妹俩，他的眼睛不可思议地鼓突出来。“Les Angellus[1]！”他叫道，“假 Angellus！”

① Les Angellus 中的 Les 为法语的定冠词，Angellus 为西班牙语，意思是“天使”。——译者注

黛芙娜站起身，走近那个可怜的人。“没事的，”她安抚道，“没事——”

令人难以置信的是，阿兹尔突然伸出手，抓住黛芙娜的头发，把她拉向自己。黛芙娜抗议地喊叫着。“Los[1] 光轮？”他叫道，“Dónde[2]？”

“阿兹尔！”守秘人喊道，他从椅子上跳起身，冲到床边。“放开她！”他把这个垂死之人的手从黛芙娜的头发上掰开。

阿兹尔没有抗拒。“不见了？”松开黛芙娜后，他问。然后他把手放在缠着绷带的头上，“没有光轮 Al ha rosh？”然后，又躺下不说话了。

“戴克斯！”黛芙娜揉着头叫道。

戴克斯也听到了这个词，他已经冲到了床边。莉莉特看那幅卷轴时说过这个词。他转身看着守秘人。“‘Al-ha-rosh’是什么意思？”

守秘人仍在警觉地看着又闭上了眼睛的阿兹尔，似乎被戴克斯激烈的语气吓了一跳。

“那是希伯来语，”他看着戴克斯特，“意思是‘在头上’。”

“噢，天啊。”戴克斯再次看着黛芙娜，“你记得那三十六个孩子是怎么被挑选上的吗？”

---

① Los halos 中的 Los 为西班牙语的定冠词。——译者注

② Dónde 为西班牙语，意思是“在哪里”。——译者注

黛芙娜不得不承认她不记得了。

“露比说挑选的过程很神秘，她自己的情况是，她需要猜一个谜语。”

“然后呢？”

“她猜出后，那个男人——招收那些孩子的那个男人——揉了揉她的头发，然后说她被录取了。我们见他揉过许多孩子的头发——在阿列夫中！”

“戴克斯！”黛芙娜几乎尖叫道，“莉莉特！他当时抓住我们的头发，他在寻找他们！他在寻找那三十六个人！”

“等一下。”守秘人一脸凝重地插话道。但现在兄妹俩根本听不见他说的话。

黛芙娜迅速转身，扫视着整个房间。然后她冲到桌旁，拉开一个抽屉，从里面翻出纸和笔。“你见过写着这样的十七吗？”她用颤抖的手尽力模仿出他们在宾馆房间看见的那个讲西班牙语的警察写的东西。

17

守秘人看了好大一会儿。“你在哪儿看见的？”

“在一个人的头上，”黛芙娜解释说，“一个被谋杀的人。看上去像个胎记，或伤疤。数字十七像三十六一样有什么重要意义吗？”

“那不是数字，”守秘人立刻激动起来，“或者说，不是你说的那个数字。”他从黛芙娜手中拿过笔，把那个图形稍微修改了一下。

לו

“这是希伯来文字，”他说，“Lamed 和 Vav。”

“它们是什么意思？”

“在这种情况下，”守秘人解释道，“Lamed 代表数字三十，那个 Vav 代表数字——”

“六。”黛芙娜替他说道。

守秘人再次点了点头。“Tzadikim Nistarim 也被称为 Lamed Vavniks[1]。你说那个人被谋杀了？”

“那个黑衣人是莉莉特！”戴克斯得出结论道，“它在杀死那三十六个正义之人！他在逐一杀死他们，然后偷走他们的器官！”

兄妹俩你看着我，我看着你，然后相互摸了摸对方的头。

戴克斯特的刺刺头尽管浓密，但很快，黛芙娜便在他头顶上发现了那些字母。黛芙娜的头发更浓密，时间花得也长一些，但戴克斯在她左耳上方的不远处摸到了那些字母。兄妹俩松开对方，踉踉跄跄地向后退了一步。

“弗勒德医生说伊芙琳是第一个！”黛芙娜倒抽了一口凉

① Lamed Vavniks 为希伯来语，意思是“三十六”。——译者注

气，“死了三十四个了！戴克斯！现在莉莉特知道，我们是最后两个！”

兄妹俩突然意识到，守秘人对他们的发现没有任何反应。他们转头一看，发现他正放下手机，大口喘息着。

他的脸色苍白极了。

不一会儿，门开了。

冷面举着手枪，走了进来。

第二十二章

枪声再起

22

戴克斯和黛芙娜没有后退，他们已经无路可逃。

“抱歉，”守秘人说，“但你们的到来说明我们的祷告应验了。”

“什么？”戴克斯想起了乔修士，喊道，“杀死我们、毁灭人类就是应验了你们的祷告？你们也跟莉莉特是一伙的？”

“相反，”守秘人回答道，“事实上，完全相反。我希望我能详细解释一下，但现在我能告诉你们的是：莉莉特想让它的孩子们占据整个世界。就像你们所知道的那样，它在寻找一本书，以便找到囚禁它们的地方。我们相信，它知道地图之书不过是个幌子，是神话传说的产物。

“公会也得出了相同的结论：地图之书不能指明天堂的入口。那本书虽然不可思议，但却毫无价值——因此十分适合你们的朋友维吉尔·杜兰特。是的，我们给阿兹尔的家人配备了一个护身符。就像其他吉祥物一样，护身符给了他们勇气。但它跟地图之书一样毫无用处。”

“又在说谎。”黛芙娜冷笑道。

“看来莉莉特已经决定，”守秘人继续说道，“如果它不能救出它的小崽子，它将杀死三十六个正义之人毁灭人类。感谢上帝，你们发现了这一点，否则就太晚了。”

冷面站在那里，毫无表情地听着这一切。他举着枪，耐心地等待着命令。

戴克斯特张开嘴，刚要反驳说护身符并非毫无用处，黛芙娜已经勃然大怒。

“那你为什么帮助它？”她尖叫道，“现在只剩下我们两个了！”

“情况比较复杂。”守秘人答非所问道，“但我向你们保证，我们不会帮助那个怪物的。我向你们保证，你们的死是送给人类的礼物，是最终的牺牲。在这方面，许多人跟你们是一样的。”

“他们不知道阿列夫，”戴克斯对黛芙娜说，“莉莉特看到你拿着它，但没有抢走，而是先查看了我们的脑袋，然后笑了！它仍想找到它的孩子，但出于某种原因，它需要先杀死那三十六个人。他在说谎。”戴克斯指着脚上穿着傻瓜拖鞋的守秘人，“或者没有告诉我们全部实情。杀死三十六个人不会毁灭整个人类，莉莉特还需要做别的事情。”

“那些器官！”

“够了！”守秘人拿起手机，打通一个电话，“准备坟墓，把墓地守卫增加两倍，守上六个星期。”他命令道。“不，再加一个星期。我们不能冒险，尽管从现在的情况来看，我们谁也活不了那么久。”他冷酷地笑了一声，补充道，“把监控视频连到我的电脑上。他们马上就到那里了。”

守秘人放下手机，看着冷面，低声说：“立刻杀死他们，然后把他们带到——”

“Seis[①]周！六周！ Shesh[②]！ El nombre mágico[③]六！”

“够了！”守秘人朝着阿兹尔的方向说。

阿兹尔在床上猛地坐起来。“天使！”他说道，“当心！他们是说英语的天使！”但接着，他剧烈地抽搐着倒了下去。这只意味着一件事：死亡。

“阿兹尔！”守秘人叫道。

黛芙娜一直等着这样一个可以分散对方注意力的机会。她把手伸进口袋，准备掏出阿列夫，打开他们的逃跑路线。

但冷面的注意力丝毫没有受到影响。他把枪对准了她。黛芙娜努力抑制着恐惧，把手从口袋里拿出来。他们经历过这样的情况，他们会有机会使用阿列夫的。不管冷面计划在哪儿杀死他们，他带他们去那里时，他们一定会找到机会的。

① Seis为西班牙语，意思是“六”。——译者注

② Shesh为希伯来语，意思是“六”。——译者注

③ El nombre mágico为西班牙语，意思是“那个神奇的数字”。——译者注

但冷面死死地盯着黛芙娜的眼睛，虽然没有露出任何表情，但她确信他能看出她在想什么。黛芙娜现在慌了，她向哥哥看去，却一个字也说不出来。

冷面扣动扳机。

黛芙娜倒在地上。

戴克斯还没反应过来，枪又响了。

第二十三章

给我看看

23

戴克斯特睁开眼睛。他看见红色，大片的红色。血，让人害怕的大量的血，在地上涂抹出波浪形的曲线。他正被人拖着腿走。他转过头，看见身边的黛芙娜也正被人拖着腿。他们被人拖行在他们进来时那条没有装饰的过道上。

黛芙娜的眼睛半睁着，浑身瘫软，受伤的腹部正在流血。戴克斯不太确定自己的伤处，但他觉得也是腹部。他强忍着疼痛，伸手向妹妹的后兜够去。虽然感觉肩膀像被炙热的刺钉刺穿了一样，但他设法把阿列夫掏了出来。

这一努力几乎耗尽了他的能量，但他并没有死。那本小书掉在地上，由于拖行的速度很慢，他及时把书捡起来，并打开了书。五颜六色的光线喷薄而出，像透过万花筒的探照灯光一样，溢满了他身后的过道。

冷面没有停下脚步。也许他没有看见，也许他毫不在乎。

戴克斯想喊叫，想引起冷面的注意，但却说不出话来。他拼命向光线中看去。他又看到了冷面及其人生故事：扼杀、枪击、下毒。他看见冷面把一个女人从阳台上推了下去。接着，他又看到了小时候的冷面。他看见冷面拿着一根绳子，正站在院子里哭泣，而其他孩子却都在大笑。他还看到了一些新的景象：冷面拿着那根破绳子，哭喊着一个名字，跑过街道。

冷面停下来，松开兄妹俩的腿。他们的腿随即摔在地上，但黛芙娜没有发出任何抗议或痛苦的喊声。戴克斯听见电梯按钮被按下的声音。

但接着，他手中的阿列夫被夺走了。

戴克斯挣扎着侧过身来。冷面正向光线中望去，天知道他在看什么。当然从他的表情上什么也看不出来。他脸上没有恐惧、没有好奇、什么也没有。

“我们可以给你看看！”戴克斯努力抓住那根救命稻草，含混不清地说，“我们可以让你看看——你死去的母亲！”他试探着说，“你死去的朋友！”但冷面没有任何反应，甚至没有从书中移开目光。冷面的眼睛在眼眶里窜来窜去，无疑正试图捕捉着那些不断涌现的图像。

“那些孩子！”戴克斯试探着，“在院子里！那根绳子！我们可以给你看看！”但戴克斯不知道应该给冷面看什么。看来他知道的这些东西，对冷面毫无作用。戴克斯仰面瘫倒在地，被嘴里的血呛住了。

“狗。”

是黛芙娜。她闭着眼，仰面躺在地上。这个字她说得特别清晰，但之后她再也没说什么。

“对！”戴克斯不知怎地挣扎着坐了起来，“你的狗！”

冷面从书中移开目光，直视着戴克斯。

“他们故意在学校放走了它，只因为你喜欢它。你可以看看它去哪儿了。”

“给我看看。”冷面说。他的声音出奇的正常。

“光线。”戴克斯倒抽一口气，“把书放下，把我们带到光线中。”

冷面似乎犹豫着。电梯门打开又关上。然后他把书放在地上。

“我们真的哪儿也去不了，”戴克斯哑着嗓子说，“我们就在这里。”

这句话似乎让冷面做出了决定。他抓住兄妹俩的胳膊，把他们猛地拽了起来。戴克斯叫了一声，黛芙娜没有吭声。

冷面让他们三个凑近光线，却不知道怎么继续。戴克斯向前迈了一步，他的腿开始穿过光线。

冷面拉着黛芙娜向光线中走去。黛芙娜被拖进光线中时，手碰到了阿列夫，她顺势把那本书抓在手中。

“停！”有人叫道。那是一个声音像女孩儿的男人。

但兄妹俩又不见了。

第二十四章

光点

24

那里！戴克斯想喊，却没有声音。天空中仍然有那条亮闪闪的裂缝。那扇巨大的天堂之门飘摇着，像彩虹倒映在波涛翻滚的大洋上一样。这是迄今为止他们见过的最大的一扇门。

门开了，一束光线漫过连在一起的三个人：一个站着，两个弯着腰。

慢慢地，三个人走进去，然后便分开了。

戴克斯特忘了疼痛。他看着周围那些光线暗淡的方块，律动着，显出原状。现在他可以看出那都是书。黛芙娜已经睁开眼睛，看着戴克斯把这一切看在眼里。

冷，戴克斯心想。

冷面尖叫起来。

兄妹俩向冷面看去。他们第一次看到他脸上流露出无可争议的表情：恐惧。他的身体正在变化，一时看上去有点儿模糊，然后不知怎的，好像越来越模糊了。

冷面正在消解。

但接着，他脸上闪过另一种表情：好奇。他踉踉跄跄地向一个过道走去。现在黛芙娜意识到，他们正站在又冷又暗的那部分书架的外面，书架上的那些书，封皮上都有一把钥匙。

冷面走了进去。

冷面正消解为原子，但他拼命抓住一本书，把书拿了下来。他开始转动封皮上的钥匙。

“不！”兄妹俩都叫道。他们不知道那都是什么书，也不知道为什么上着锁。但毫无疑问，他们心中知道，那些书是不能碰的。

冷面的手现在变成了细小的光点。书从他手中掉了下去。现在他的胳膊也变成了光点，然后是他的胸部。现在他全身变成了光点。接着，他被琥珀色的光线吞没了。

冷面不见了。

黛芙娜！戴克斯哀号道。现在，他身上正发生着什么变化。他搂住同样开始模糊起来的腹部。不！他抗议道。但接着，他感到一阵宽慰。那些细小的光点正编织在一起。

不一会儿，腹部的伤口不见了。

戴克斯！

戴克斯转头向妹妹看去。她的伤口也全好了。

欣喜若狂的兄妹俩，向对方奔去，但没等他们拥抱在一起，一道剧烈的闪光迫使他们向后退去。冷面弄掉的那本书的钥匙掉了出来。书落在地上，打开了，书页上腾起了火苗。

现在，两双坚定的手推着他们穿过图书馆。那是他们的母亲，索菲亚和伊芙琳。她们正带他们离开火海。

终于，他们停了下来。戴克斯看着身穿白袍的两个母亲和她们的翅膀。

阿列夫！黛芙娜叫道。

伊芙琳已经把阿列夫从她手中拿走了。她伸手去要，伊芙琳没有给她，而是把书撕成了碎片。像烂掉的水果一样，那本书在伊芙琳的手中破散开来。

“不！”兄妹俩叫道，“我们需要它！”

但伊芙琳把那些碎片扔了。碎片逐渐模糊，然后消失在光线中。

万物之书永远消失了。

戴克斯和黛芙娜意识到，其他天使，几百、也许几千个其他天使，从他们周围的过道里冲了出去。他们惊慌害怕的神情令人非常不安。

突然，兄妹俩又被推了一下。

等等！黛芙娜拼命抗拒着，恳求道，那本着火的书是干什么用的？出了什么事？

戴克斯也拼命抗拒着，但毫无用处。

兄妹俩正坠回自己的世界。

第二十五章

安全

25

一群人弯腰低头地划着船，从芦苇间穿过。一对绝望的夫妇没有任何补给，正徒步翻越山岭。一个人四肢着地，爬行在一条地下隧道里。

“我们必须回去！”戴克斯坚持道。但这不可能了，他们已经没有阿列夫了。

黛芙娜没听见他的话。“人们在往外逃！”她喊道，“瘟疫仍在流行！”

妹妹说得对，戴克斯看到了。那个骗子没有告诉我们全部实情！他在心里说，那个秘密还包括其他内容，不只是如何辨别三十六个正义之人！他告诉我们的那些，只是为了不让我们再问问题。从来没有人告诉我们全部实情！

是的！这与决不让莉莉特拿走我们的器官有关。有个东西可以让我们免于一死，也许可以让所有的人免于一死。但这怎么可能呢？

我们能做什么？没有人会告诉我们真相！全部的真相！

弗勒德医生！我们必须把一切都告诉她！我们必须让她相信！她是唯一几乎猜到那个秘密的人。

讲座！我们去找她失踪的讲座！

情景瞬间变了。现在，兄妹俩看见一间办公室，办公室的桌子上放着一个听诊器、一台答录机和一台电脑。电脑开着，屏幕上显示的是一个新闻网页。两个装有 X 光照片的大袋子靠在电脑的一侧。

“你看！”戴克斯叫道。办公室的墙上挂着装在相框里的证书和文凭，上面全有萝贝塔·弗勒德医生的名字。在那张最大的证书——用繁复的字体写着“哈佛”——毕业证书下面，有个保险柜。兄妹俩看见，保险柜里有一个马尼拉文件夹。文件夹里有一沓纸，最上面那张像封面页的纸上写着：“马利亚生了一个小男孩儿：干细胞与无性生殖。”

“我们去那里吧！”兄妹俩不约而同地在心里说。

转瞬间，他们便来到了那间办公室。黛芙娜找到墙上那张哈佛大学的毕业证书，但他们还没来得及向那张证书迈出一步，门外传来了脚步声。

有人把钥匙插进了锁孔。

桌子，又是桌子。

兄妹俩冲到桌子后面，然后瘫倒在桌子下面，毕竟他们的体力早已用尽了。

“你太过分了！简直太过分了！”门开了，一个男人咆哮道，“那是总统！总统！承认彻底失败是一回事，但你说的那些胡话，来自伊甸园的怪物什么的是怎么回事？你疯了吗？”

“对不起！”弗勒德医生说，但她说出的话像哀号一样，兄妹俩几乎听不出那是她的声音了。“对不起！对不起！”她发疯似的重复道，“是压力。我只睡了不到十分钟，我不知道我多久没睡了。他们不见了！我把他们弄丢了。我们在路上出了事故，结果他们逃走了！但他们什么也不知道。那个女孩儿提到了莉莉特！我说的就是这些！我知道的就是这些！”

黛芙娜，给你，戴克斯在心里说，把这个吃了。他口袋里还剩着一些种子，他掏出来分给她一些。

两人欣慰地嚼了起来。

“发生在机场的事，她撒谎了！”黛芙娜在心里说。

她为什么撒谎？

也许她觉得他们不会相信她。

也许她不相信任何人。

也许她想一个人做这件事。

“那就等于你什么都不知道！”那个男人嚷道，“我们没时间了！你明白吗？我们没时间了！”脚步声逼近桌子，兄妹俩屏住呼吸。“你看看新闻！再也没人相信我们的谎言了！人们又开始逃离，我们却不能制止他们！”

弗勒德医生好像没有反应。过了一会儿，只听她有气无力地问：“那两个死了的孩子，很像瓦克斯双胞胎——我们就说他们正在这里帮助我们，这个主意怎么样？现在那两具尸体冷冻着。这能为我们争取更多的时间。”

“这就是你的好主意？把两具尸体支起来？也许你还会玩口技吧？”

“不会。”

“那个女孩儿和那个叫伊敦的女人有什么相似之处？”

“没有，什么也没有，”弗勒德医生哀号道，“只是巧合。虽然罕见，但只是巧合。这个我告诉过你了。”

“见鬼！你没从那个女孩儿身上采到新血样！”

“你知道我没有。”

“那么街上就会血流成河。”

弗勒德医生没有说话。

血，血，血。

“看在上帝的分儿上，欧洲已经有确诊的感染病例了！”

那么多的血。

戴克斯看见他和妹妹在罗马留下的血迹。他看见假血从杜兰特的假脖子里喷出来。他看见在杜兰特的博物馆里，那个怪物溅在玻璃展柜上的血。他看见妹妹的手流着血。他看见伊芙琳的——

戴克斯心中一震。

“亚洲也有确诊的感染病例了！”

“怎么了，戴克斯？”桌子下面虽然没有多少光线，但黛芙娜足以看清哥哥的表情。

“我们一直都没有意识到！”戴克斯几乎要大声喊出来，“关于护身符，守秘人没有撒谎——没有一个护身符起作用！它们都是骗人的！”

你在说什么？它们起作用了！其中两个起作用了！

“现在只要中东出现一例感染病例，随时就会引发一场比这场瘟疫的传播速度还要快的战争！你已经失败了！”

“黛芙娜，伊芙琳怎样遭到袭击的？”

黛芙娜努力回忆着。“莉莉特向她扑过去，你用护身符向莉莉特刺去，接着它咬了伊芙琳，然后它开始尖叫。等等——你的意思是，不是因为你刺伤了它？而是因为它咬了伊芙琳？噢，天啊！是的！它咬了伊芙琳后才尖叫的！起作用的不是护身符！是伊芙琳的血！伊芙琳的血杀死了莉莉特的女性部分！”

“你所有的承诺、你所有的保证，现在都毫无意义了！”

“黛芙娜，在博物馆时，你刺到蛇身上的那个护身符——那上面全是我手上的血！莉莉特不再咬人了，是因为它意识到其中一些人对它是有毒的！那三十六个正义之人是有毒的！”

“我不在乎你放弃了什么才走到了这一步！即使你是全世界有史以来最负盛名的科学家，我也不在乎！你遇到对手了！”

“怪不得它要找到那幅卷轴！它需要知道如何找到那三十六个人，然后杀死他们！这样就再也没有什么可以阻挡它找到阿列夫了！它没有从我们手中抢走阿列夫，是因为它先摸了我们的头——怪不得它那样抓住我们！它首先需要安全地杀死我们！无论出于什么原因，它需要拿走我们的器官，但它不能碰我们的血！”

“现在你可以停止工作了。我会派其他人来负责的。”

“除非我死了，否则我不会停止工作的。”

“是你的事业死了。再见，弗勒德医生。”

“它的确希望找到它的孩子，”黛芙娜心想，“这都是为了它的孩子。”

门砰的一声关上了，墙上的相框随之一震。

办公室里一片死寂。

“戴克斯——我们的血，”黛芙娜心中再次燃起真切的希望，“如果它对莉莉特有毒，那么对被感染的人——会不会是种治疗药物呢？”

“但是，”戴克斯仍感到难以置信，“那它怎么把伊芙琳杀死了呢？”

“因为她太老了！你还记得她最后对我们说的话吗？她说，她的老骨头太弱了，无法战胜它。我觉得她的意思其实是，她太虚弱，不能抵抗感染了！”

“她告诉我们，我们是安全的。我们还以为她在告诉我们，注意安全。”

“她知道有东西保护着我们，戴克斯！那东西就是我们的血！”

第二十六章

胸内肋

26

弗勒德医生低吼了一声，那是一种原始野蛮的吼声。接着办公室的东西开始被她乱打乱砸起来。

黛芙娜想从桌子底下爬出来。她刚一动便被戴克斯特拉住了。“不会有事的，戴克斯，”她在心里说，“我要把一切都告诉她。我觉得她现在可能会相信我们了。我一直想着逃离，逃离所有的苦难，但我们需要把该做的事做了。之后的事该怎样就怎样吧。”

是的，戴克斯在心里说，好吧。

一个东西飞过桌子，砸在后面的墙上，然后碎了。是一盏台灯。然后，桌面上的大部分东西被扫了下去。办公用品像迷你版的雪崩一样，落到桌子后面，兄妹俩吓得一缩身子。好在电脑没有跟着掉下来。那两个装有 X 光照片的超大袋子掉了下来，一个袋子上写着黛芙娜的名字，另一个上面写着伊芙琳·伊敦。黛芙娜探出身去，把袋子捡起来。

“我们出去吧。”她拉着戴克斯的胳膊，在心里说。

“你先出去，”戴克斯说，“我待在这儿，以防万一。”

黛芙娜想了一下，同意了。但她在起身之前，又捏了捏戴克斯的手。兄妹俩看着对方一模一样的眼睛。

“我爱你，戴克斯，”黛芙娜在心里说，“不管发生什么，这一点你一定要知道。”

“我知道，”戴克斯也在心里说，“我也爱你。”

黛芙娜站起身来。

弗勒德医生正站在打开的保险柜旁。哈佛大学的毕业证书躺在地板上，但相框碎了。房间里到处都是砸烂或摔破的东西。黛芙娜想起了她被那一对势利女孩儿——其中一个已经死了——欺骗后在自己房间大发脾气的情景，当时她感觉整个世界就要完了。对，就是那种感觉。

黛芙娜清了清嗓子。

弗勒德医生猛地转过身来。“黛芙娜！”她叫道。她拿在手中一直在看的文件掉在地板上，“怎么回事？你怎么在这里？”

戴克斯！黛芙娜在心里说，保险柜里的那个文件，在地板上！“那个巧合，”她举起装有X光照片的袋子，对弗勒德医生说，“您在我们家里提到的那个巧合——”

但弗勒德医生还没有回过神来。她只是盯着黛芙娜，盯着她的头看。

看她头上的光轮。

“那个巧合是什么？”黛芙娜接着问。

尽管像做梦一样，但弗勒德医生终于有了反应。她看上去疲惫极了，而且现在正处在震惊之中。“你们两个都有胸内肋。”她喃喃地说。

“什么意思？”

“你们都有额外的肋骨。”

“额外的肋骨？”

“是的，肋骨。”弗勒德医生的目光稍微有了点儿焦点，她拿过那两个袋子，抽出那两张X光照片，然后并排放在桌子上。“而且不知道出于什么原因，它们在跳动。”她回头看着黛芙娜的头，补充道。

“它们在跳动？”

“是的。我不知道为什么，但似乎对你的健康没有任何影响。我现在没有时间研究这个问题，但我很想研究一下。总之，胸内肋是一种极其罕见的先天性异常，但没有危害。这样的人全世界也不过几十——”

“三十六个。”黛芙娜俯在桌子上说。没有什么比这件事更明显的了。

“什么？”

“夏娃是用亚当的肋骨创造出来的，”黛芙娜几乎自言自语地说。

“我们为——为什么要谈亚当和夏娃？拜托，告诉我当时书店里发生了什么事。”

“需要解释的东西有很多，”黛芙娜说，“我会告诉你一切的。但首先——那些谋杀案的凶手，之所以把器官盗走，是为了掩盖它真正想要的东西：额外的肋骨。三十四个受害者都有一个额外的肋骨。它很快就会找到我，取走我那根肋骨，还有我哥哥的。我们不能让它得逞。”

“我知道肋骨是干什么的了！”戴克斯在桌子底下听完她们的谈话后，在心里说，“我认为它们可以造人，即使它们的主人已经死了。这就是守秘人想杀死我们并把我们埋到秘密墓地的原因。那样的话，如果莉莉特毁灭了整个人类，人类还可以重来。这就是他试图挽救人类的方式——不让莉莉特得到我们的肋骨。我现在记起伊芙琳对我们说的最后一句话了。她说，她的老骨头太弱了，斗不过它了。她并不是说她所有的老骨头，而是说她的那根肋骨太老了，不能抵抗感染了。”

“我想我知道那些肋骨是干什么用的了。”黛芙娜尽可能说得不像她感到的那样震惊。

“干什么用的？”弗勒德医生问。

“我认为它们可以造人，即使它们的主人已经死了。”

弗勒德医生盯着黛芙娜，嘴巴张大了。

“但这些可以等会儿再说，”黛芙娜说，“我有一个问题不能等：我的血有可能治愈这种疾病吗？”

弗勒德医生还是没有回应。她犹犹豫豫地伸出一只手，放在黛芙娜头上的光轮中。

“求您了，”黛芙娜握住那只手说，“我的血有可能治愈这种疾病吗？”

“可能性极小，”弗勒德医生说，“但是如果你没被感染的原因是因为你对这种疾病有免疫力的话，还是有可能的。我们可以做一个电泳检查，它可以分离出你血液中那些可能有免疫功能的蛋白质。如果真是这样的话，我们也许可以把它制成一种药。没错。你在这儿时我们没想到用你的血样做这个检查。我真是太疏忽大意了。”

“如果您愿意的话，我们可以做这个检查，”黛芙娜说，“但我告诉您——我发誓——我们的血就是答案。你可以恢复你的工作了。”

但弗勒德医生似乎还在想着别的什么。终于，她看着黛芙娜说：“你敢肯定这个检查会证明这一点吗？”

黛芙娜使劲吞咽了一下。“我敢肯定。”她保证道。当弗勒德医生似乎又要走神时，她补充道：“您的实验室在哪儿？”

就在这时，门开了。“你怎么还在这儿？”他质问道，听声音这是几分钟前严厉指责弗勒德医生的那个人，“已经命令你收拾——”但接着，他看到了黛芙娜，“怎么回事——那是那个叫瓦克斯的女孩儿吗？”

“去我的实验室！”弗勒德医生说。她的眼神又变得像以往那样坚定自信了。她用兄妹俩早已知道的威严语气对她的老板说："我有治疗方案了。给总统打电话，给媒体打电话。告诉他们，我们准备几天后进行大规模的生产。"

"什么？"

"它在这个女孩儿的血液里。她有免疫力。我们去我的实验室，我希望在任何情况下都不要受到打扰。"

戴克斯听到了无疑正朝门口走去的脚步声。

"我不会有事的！"黛芙娜被带走时叫道。

房间里又是一片让人不知所措的死寂。但接着，那个男人走到桌旁，从地板上捡起电话，然后深吸了一口气。他咕哝了一声"上帝保佑我"，然后开始拨号。

第二十七章

失踪的讲座

27

这个自称布洛迪医生的男人打了十几个电话，承诺将在四十八小时内找到治愈方法。他说瓦克斯双胞胎已被找到，他们提供的重要信息将带来突破性的成果。打完电话后，他便匆忙离开了办公室。

戴克斯从桌子底下爬出来。他感到一阵头晕。额外的肋骨！

现在看来，一切是那么简单，那么明显，好像他们本来就该知道，一直以来发生着什么事一样。他知道黛芙娜说对了，他们的血就是答案。一定会有治愈方法的。

但当务之急是……

戴克斯绕过办公桌时碰了一下电脑，电脑屏幕亮了起来。一条横幅已经在新闻网站的顶部滚动播出了："重大新闻！药物研制成功……正在生产中……药物研制成功……正在生产中……"

当然，新闻中并没有提及他和妹妹。黛芙娜，戴克斯想道，你在哪儿？也许他们两个的血弗勒德医生都需要呢。但黛芙娜没有回应。戴克斯在电脑屏幕上看了看自己，他头上的光轮正在迅速消失。

戴克斯匆忙向门口走去，但当他走近保险柜时，看到了地板上那沓整整齐齐的文件。他停下脚步，把文件捡起来。阅读对他来说并不容易，但他还能看清那个标题：马利亚生了一个小男孩儿：干细胞与无性生殖。他知道最后那个词让世界上最有权势的一个机构感到恐惧，而且那个词与该机构被迫保守的一个秘密密切相关，即使那个秘密意味着全体人类的暂时毁灭。

戴克斯翻到第二页。他眯起眼睛才看到上方有“总结”两个字。他想浏览一遍，但那些字时大时小。但他还有一些时间，他不想浪费掉。

他看见，“论点是——”，但接着整页模糊起来。他摇了摇头，接着再看。他看见“科学解释”，然后看见“极小的比例”和“有文字记载的历史”，沿着这一行，他又看见几个字“独特的干细胞”，然后，那些字又都模糊起来。

戴克斯感到怒火在升腾。他闭上眼睛，深吸了一口长气，以防一气之下把文件撕成碎片。他接着再看。他看见“无性生殖”，但接着一切又模糊起来。

“不！”戴克斯咆哮道。他拿起地板上的一个相框，向桌子扔去，相框碎了。他拿起另一个，里面也是一张证书。戴克斯突然好奇起来，他把周围的所有相框都翻开。相框里没有一张照片。他敢肯定，办公室中没有一个相框装着照片。

难道弗勒德医生没有亲人吗？她是个天才，她的工作定义了她，但她从中得到了什么？戴克斯是有缺陷的，有严重的、无法逆转的缺陷，但定义他的不是这个。多少次他都克服了自己的不足？他已经数不过来了。这才是定义他的东西。

这才是他的力量所在。

戴克斯再次向文件看去。没有用，他还是看不清，但他没有生气。不，他生气，但是，就像乌云穿过蓝天一样，他让怒气慢慢消散。他站了起来，想找一个解决问题的办法。

那儿，在桌子上，他看到了 X 光照片。

也许有用。

X 光照片带点儿色彩，尽管不是彩色的，但毕竟带点儿色彩。戴克斯拿起他努力在看的那一页，把它压在其中一张 X 光照片的下面。

然后他读道：

无性生殖，或无性繁殖，可能存在于拥有这种基因变异的人群中。这些罕见而独特的成熟干细胞能够在没有配对的情况下进行复制。我认为退化的结构（比如阑尾）可能曾经用于调节这种干细胞，但在人类进化为有性生殖后，这项功能便被淘汰。我提出，在极小比例的人群中，这项功能仍然存在。（可能存在一种尚未发现的酶，那种酶被激活时，能够切断 X 染色体，使之变为Y染色体，从而形成男胎和女胎）在成年男性中，这些结构可能是休眠的、无用的，但在女性中，其功能应该是显而易见的。有文字记载，历史上曾有许多例“童贞女生子”的情况——

戴克斯抬起头，努力理解着这一切。待他回过头接着再看时，他的焦点变了，他看到的是盖在刚才那段文字上妹妹的那张X光照片。戴克斯再次闭上眼睛，现在他明白了。他明白了不能让教皇知道的事。耶稣是一个Lamed Vavnik生的。他的母亲——马利亚，怀的不是上帝的孩子，她怀的是她自己的，完全是她一个人的孩子。

戴克斯猜对了。守秘人愿意杀死并埋葬他们，是因为他想拯救世界。就像生命开始于伊甸园一样，终有一天，也许远在莉莉特及其后代消亡之后，生命也将在地球上重生。但守秘人同样想拯救另一样东西：教堂。

弗勒德医生是对的。她一直都是对的，她现在可以向世界证明——

“不！”戴克斯跳起身。“黛芙娜！”

他跑出办公室，但立刻收住脚步。走廊里，一群身穿白色外套的男女挤在一个门口，正从一个小窗口向里面望去。戴克斯快步走回办公室，把门半关上。

“这不合适！”其中一个人喊道，“这太过分了！”

“不让我们进去，她觉得她在干什么啊？”另一个人抱怨道，“我们想知道发生了什么！”

“她想独占所有的荣誉！”

“你们所有的人，都回去工作！”有人吼道，是布洛迪医生，“走！如果有人打扰她，将以叛国罪被起诉！”

戴克斯偷偷向外望去，那群人从一扇转门出去了。他强迫自己等了一会儿，然后沿着走廊冲过去，闯进了实验室。

黛芙娜的尸体被放在一张银色的长桌上。她的胸腔已被完全切开，露出了肋骨。

“不——！”戴克斯尖叫道，他疯了一样，根本听不见弗勒德医生正对他喊叫着什么。他冲到妹妹的头部，想确定麻醉面罩下的她仍在呼吸。但他刚把面罩扯下来，便感觉脖子被扎了一下。

满眼红色的戴克斯，现在感到的却是一片漆黑。

第二十八章

莉莉特

28

身体被削弱了那么多，是一件残酷的事，但什么也不能消减它化作风在空中疾飞的快感。没有任何自由像身体的自由，因为没有身体，便没有身体上的痛苦。为了这次胜利的旅程，莉莉特把那些蝙蝠打发走了，以便为自己留出单独的思考空间。被囚禁了这么久，孤独了这么久，与孩子们分离了这么久。它的孩子们！很快，它们就像它一样，将走出地下监狱，然后茁壮成长，繁荣昌盛。然后，它们将和它一起除掉滋生在地球上的祸害。一想到这种低等生物被给予了统领原本是它的世界的权力，它便怒火中烧。等它干掉最后两个有毒的人，那些低等生物就将会全部灭亡。

莉莉特向窗玻璃漫过去。黑风从地下室一扇打开的窗户吹进去，冻结了医院这间最不常用的储藏室的空气，毒雾灌满了储藏室。但那儿没人闻到毒气，也没人看见薄雾消散后那个显现的人——那个从头到脚，严严实实裹在一件厚厚的黑色连体衣里面的人。

在平时，这样一个人走在医院走廊里，一定会引起注意，但今天不是一个平常的日子。工作人员在几近惶恐的状态下四处奔忙，很少有人注意到它向路过的每个房间张望着，那些注意到的人对这个奇怪的景象也没有多想。

看到这些房间里更加脆弱的生物，莉莉特的脸上露出轻蔑的神情。在一些房间里，身穿白衣的女人曾站起身，向它走来，但它一挥手便把她们解决掉了。它再也不担心中毒了。不过，它可以闻出来，那有毒的气味离这儿不远了。

它在楼上找到了那个房间。它没有敲门，因为门后好像没有光线。但当它推开门时，却发现了一个身穿绿色手术服、戴着口罩和医用手术头灯的女人，站在两个手术台之间。每个手术台上都有一个被打开胸腔的人。她正把一根短而弯的骨头放到闪亮的银色推车上。推车上放着另一根类似的、小一些的骨头。她的乳胶手套和衣服前襟上都沾满了暗红色的血。

莉莉特停下来，欣赏着这一刻。它咧嘴一笑，黑色的面罩下露出锋利的牙齿。这个愚蠢的女人不仅为它省了很多麻烦，显然还蒙在鼓里。

女人抬头看见了它，她不但没有惊恐地睁大眼睛，反而愤怒地眯了起来。“你到底是谁？”她质问道。见莉莉特没有回答，她厉声说，“我是萝贝塔·弗勒德医生，这是我的手术室。请你马上离开。”

莉莉特轻声一笑。现在它如此接近胜利，在它最终拿走它的东西之前，它可以慢慢品味每一刻了。

“不！”弗勒德医生扯下口罩，喊道，“这对双胞胎允许我取出他们的肋骨，”她吼道，露出可怜、粗钝的牙齿，“我将用它们改变人类历史的进程。你听到没有？这是我的发现！我的！”她从托盘里抓起一把手术刀，挥舞着那个小刀片。头灯的灯光随着她头部的颤抖而晃动着。

这让已经慢慢向弗勒德医生逼近的莉莉特停下脚步。这个女人竟然知道它来干什么了，这虽然令它吃惊但并不让它担心。但它不能让她的刀子靠近它的防护衣。现在，她已经靠在墙上，哆嗦着。这很好，因为这就意味着她不知道黏在她身上的血对它是致命的。

“求你了！”女人乞求道，“我为此工作了整整一生！求你了！整整一生了！我为它付出了一切。一切！”

莉莉特现在站在两个手术台之间，它的心因期待而狂跳着。它低头看了看手术台上的两个人，在昏暗中查看了一下他们戴着口罩的脸，然后看了看把他们的胳膊与维持他们生命的仪器连在一起的管子。它的猎物可以随它处置了。

时间到了。

“求你了！不！”

莉莉特拿出它之前藏好的一块折叠的布，跳上前去。没等女人反应过来，便把布按在了她脸上。现在她吸进去的是浸在布里的化学物质。不一会儿，她手中的手术刀掉了，人也瘫倒在地，没有知觉了。

莉莉特拿起手术刀，走到两个手术台之间。它慢慢地、小心翼翼地割开了那两个有毒生物的喉咙。

血从伤口溢了出来。

莉莉特掀翻手术台，把它的最后两位受害人摔在地上。他们掉下去时，所有的管子和电线也被扯掉了。

有人大喊着，在使劲敲实验室的门。门猛地被推开了。

但莉莉特已经化作冰冷的黑风，心满意足地呼啸而去了。

那两根肋骨也不见了。

第二十九章

永恒的光辉

29

在锥形火山口的上方，缕缕烟尘和蒸汽在风中不断地回旋着、飘散着。一个身穿白袍的身影正在向火山口走来。炽热的橙色熔岩顺着山坡慢慢流下来。那个身影沿着熔岩在它前面留下的沟槽向上走去。它每只手里都拿着一个东西——是骨头，短而弯的骨头。它的红眼睛一眨不眨地直视着前方。它那张可怕的漂亮的脸依然没变。

莉莉特走到山顶，停下来。它咧嘴一笑，露出锋利的牙齿，毫不迟疑地把那两根骨头丢进了火山口。然后，它仰起头，张开双臂，仿佛要拥抱整个天空一样。“我的！”它咆哮道，后背向后仰着，以便宣布整个世界直到天堂都在它的统治之下，“都是我的！”

但当它做出这个宣言时，两个人从火山口下悄悄地走了上来。

就在它直起身子，自以为获得了整个世界的所有权时，兄妹俩将两个注射器插入它的胸部，将他们的血——地球上最后两个正义之人的血混入它的血液中。

莉莉特看着兄妹俩，仿佛想说这绝对是不可能的。但接着，它发出了一声尖叫，一声能让天空中的鸟儿坠地而亡的尖叫，一声几乎撕破天穹的尖叫。

尖叫声停了，随之而来的便是令人难以忍受的寂静。这个来自伊甸园的怪物变得僵硬起来，它那张没有血色的漂亮的脸变得如同死人一样惨白。兄妹俩的血流过它的血管，那些血管浮雕般凸显出来。它的手和脸因此都肿了起来。

莉莉特踉跄了几步，向前一栽，掉进了火山口里。

片刻之后，一阵隆隆声从山腰传了出来。气体从隆起的小火山锥中喷涌而出。火山爆发了—— 一股黑风冲向天空，遮住了星星，吞没了黑夜本身。

世界黑了。

黑暗中，戴克斯和黛芙娜拥抱在一起，仰望着天空。

不一会儿，一颗星星出现了。接着又一颗星星出现了。然后，星星越来越多了。

很快，无垠天空重新沐浴在永恒的光辉中。

第三十章

为了一切

30

“她们一定是不想让我们回去，”黛芙娜说。她小心地绕过流淌的熔岩流，与戴克斯一起沿着山坡向等待他们的直升机走去。“否则，她们为什么要撕毁阿列夫？”

“也许她们把它拿走，是因为她们知道，没有我们，她们也能扑灭那场火。”

“但是，戴克斯，你看到那些天使有多恐慌——”

“也许是因为，我们一开始就不该去那里。”

黛芙娜对此无话可说。“戴克斯，”她说道，“我还没来得及告诉你，在天堂——我看到了一群天使，伊芙琳就是在那儿找到我的。那群天使正在少了一本书的书架旁唱歌，我说不清楚——但那首歌听上去特别美，但也特别忧伤。我还看见其他天使在搜寻书架。我觉得他们在找一本书。天堂里少了一本书，但我猜不是阿列夫。”

“太好了。”戴克斯叹了口气。

“所以这又是一个原因。”

“什么原因？”

“重回天堂的原因。”黛芙娜没有提到她自己的原因：她想再看看属于她的那本书。但她说，“我打开了其中一本书。”

“什么书？”

“只是随便一本书。有一串随机的字母在书页上流动。嘿，它们在动！也许你能看明白。”

戴克斯正在回想他在光线中的感觉，那种有东西在那里等他的感觉。他现在猜想，那应该是一本书，他肯定能阅读的一本书。不过，他什么也没说，而是叹了口气，继续向前走去。现在，他们离直升机停靠的地方大约还有一半的路程。他能看到弗勒德医生正在直升机上等着他们。当然这个距离不可能看清，对戴克斯来说更是如此，但他觉得弗勒德医生正内疚地看着他。她为打昏他的事已经道了一千次歉了，尽管他也一千次地告诉她，他是自找的。他在最糟糕的时刻又变得像以前那样鲁莽了，为此差点儿毁了黛芙娜那个绝妙的计划。他其实很感谢弗勒德医生，但她仍觉得抱歉。这让戴克斯觉得她这个人相当好。

黛芙娜也看到了弗勒德医生，有些担心她现在会逼他们解释，为什么他们非要她借用军用直升机以最快的速度把他们一路送到非洲。当弗勒德医生告诉他们，全世界只有一个火山——Ol Doinyo Lengai[①] 在喷发炽热的熔岩时，他们坚决要求

① Ol Doinyo Lengai 为西班牙语，意思是“上帝之山”。——译者注

她立即把他们带到那里，但他们拒绝给出任何理由。不过，他们保证，之后无论她要求他们做什么，他们都会合作。这件事非常容易安排，因为弗勒德医生由于疲惫和极度兴奋，几乎疯了。不管他们要求什么，她都会做的。

他们刚在非洲着陆，波特兰便传来了消息——药物绝对有效。弗勒德医生放下收音机哭了。她一个问题也没问，便把戴克斯和黛芙娜要的血液抽进两个注射器，然后让他们去爬上那座火山的山顶。

不到半个小时，他们便把莉莉特彻底解决了。

“我只希望我再看一次阿列夫。”黛芙娜说。

“确保妈妈她们在天堂都好吗？”戴克斯问。

黛芙娜停下来，看着哥哥。“是的，”她说，“但我也想看看蒂尔和贾斯珀。我想看到他们没死时的样子，确保他们不会孤独、害怕。我希望能告诉他们，他们并没有白白死掉——他们为，嗯，是为一切而死的。我想知道他们是在他们的父母身边，在医院里安详死去的。我不敢相信，他们说如果有助于找到治疗方案，他们愿意捐出尸体。我从没想到蒂尔能做出这样的事。我曾希望我是她，我猜这个心愿好像实现了。”

“你怎么知道莉莉特不会仔细查看手术台上的人呢？或者不会注意到流出的血是暗淡的、不新鲜的？”

“我不知道。”黛芙娜说，“我只希望他得到肋骨后会高兴得忘乎所以。是阿兹尔让我想到的这个主意。他说，莉莉特没有杀死他，可能是因为那个怪物找到卷轴就很满意了。而且房间很暗，他们都戴着口罩。而且，嗯，就像我说过的，我只是希望会是这样的。”

戴克斯点了点头，他们继续小心地往下走去。现在他们到了平地，于是兄妹俩拉起手，匆匆走完了余下的路。

“我们为什么来这儿？”等他们上了飞机，都系好安全带后，弗勒德医生问道。黛芙娜感到一阵畏缩。“瘟疫是从这儿来的吗？本地的蝙蝠？你们用注射器干什么了？”

兄妹俩没有回答，在发动机的轰鸣声中，弗勒德医生喊道，“你们知道吗？这都无所谓了！我们有治疗方案了。现在，你们必须信守诺言！”

“我们保证！”兄妹俩答应道。现在他们十分确定，他们再也不用谈论来自伊甸园的怪物了。那只是噩梦的一部分，弗勒德医生已经把它抛在了脑后。但愿他们也能这样。

“那我们带你们回去。先从捐献血液开始！对了，你们可以叫我萝贝塔！”

他们现在已经升入了空中，噪声似乎小点儿了。

“关于我们的肋骨，也许你还可以用别的方法证明你的理论。”黛芙娜提议道。她对弗勒德医生感觉更亲切了。“我是说，不必——”

弗勒德医生笑了笑。“不了，谢谢你。”她说，“不感兴趣了。”

“真的？”戴克斯问道。

“首先，”弗勒德医生说，“教会随时可以派黑衣人来。我不喜欢他们派来的人。他们不是很友好。”

兄妹俩相互瞥了一眼。萝贝塔以为莉莉特是教会派来的另一个杀手。不过这样也好。

“第二，”弗勒德医生继续说，“我成年后除了争分夺秒地工作什么也没干，我可能帮助了人们，但这从来不是我的目的。我一直都是为了我自己。你可以说我有自私的毛病。我想减轻我的工作，大大地减轻。而且最重要的是，”她补充道，“我不想把我的家人放在危险的境地。说真的，有些事情比真理还重要。”

“但您没有成家，对吗？”戴克斯问。他觉得她办公室里没有照片，也许是因为她没有亲人的缘故。

“哦，没有，至少现在还没有。”弗勒德医生说，“但我希望能弥补失去的时间。知道哪儿有家出售吗？我想要。”

戴克斯和黛芙娜交换了一个眼神。他们不需要心灵感应或传心术便能知道对方在想什么。

“我们也许能帮您解决这个问题。”黛芙娜说。

“太好了！”弗勒德医生说。“顺便说一声，”她的笑容慢慢消失了，“我见过你们家，坦率地说，需要收拾一下。等你们离开医院时，如果你们需要一个地方住，我有一个空余的房间。但我警告你们，你们得弄干净点儿。”

兄妹俩笑了。“一言为定。”他们说。

没有更多的话可说了，戴克斯和黛芙娜于是坐在那里，思考着天堂里发生着什么事。景物在他们脚下越来越小了，他们可以看到，火山口周围的蒸汽被风吹拂着。

世界上总会有邪风，戴克斯心想，总会有邪恶。

黛芙娜的想法有点儿不同。到最后，莉莉特是邪恶的吗？她想知道，毕竟，它只是想找到它的孩子，它的家人。难道这不是每个人都想要的吗？想到莉莉特并不代表纯粹的邪恶，想到一切可能会更糟糕，黛芙娜的心中升起一股寒意。

应该不会吧。会吗？

那座山慢慢消失在远方，戴克斯看着弗勒德医生，问道："'Ol Doinyo Lengai'，是什么意思？"

弗勒德医生想了一会儿，然后说："'上帝之山'。"这个名字似乎让她感到好笑。"又是上帝，"她叹了口气说。"这家伙就是不离开我们，好像往哪里看——"

"他都在那里。"兄妹俩凝视着远处的地平线，不约而同地说。

末完待续